하늘과 × 땅의 × 방정식

Q3. 재앙을 피할 x를 구하시오

◆ 2권의 배열된 숫자 중 빈틈은….

28

(2의 제곱수가 아닌 것.)

AME TO TSUCHI NO HOTEISHIKI 3

Text copyright © Yoko TOMIYASU 2016

All rights reserved.

Original Japanese edition published by KODANSHA LTD.

Korean translation rights arranged with KODANSHA LTD.

through JM Contents Agency Co.

하늘과 × 땅의 × 방정식

Q3. 재앙을 피할 x를 구하시오

도미야스 요코 글
김소희 옮김

다섬
책방

✳

차
례

✳

첫음

히카루가 시꺼멓게 소용돌이치는 그림자 구렁이 속으로 삼켜졌다. 아레이와 Q는 꼼짝없이 그 자리에 서 있을 수밖에 없었다.

"아레이! Q!"

이나미가 외쳤다.

"포기해애! 지금 우리가 어쩔 방법은 없어! 일단 도망쳐야 해애!"

그러나 아레이도 Q도 요지부동이었다. 이대로 히카루를 두고 그림자계를 탈출할 수는 없었다.

아레이는 발밑에서 주먹만 한 돌을 하나 주워 들고 까만 소용돌이 쪽으로 휘청휘청 되돌아갔다. 그러고는 팔을 크게 휘둘러 돌을 힘껏 던졌다.

"바보야! 소용없다니까아!"

이나미가 답답하다는 듯 외쳤다.

"그림자가 너무 커어! 그런 돌로 물리칠 수 있는 상대가 아니라고! 포기하고 얼른 이리 와!"

Q도 아레이 곁으로 와 함께 돌팔매질했다. 아레이가 던진 돌보다 좀 더 큰 돌이었다. 그러자 눈앞에서 그림자 구렁이의 모습이 까만 아지랑이처럼 아물아물 흔들렸다.

두 사람은 얼굴을 마주 봤다.

"효과 있는 거 아냐? 또 던져 보자."

Q가 초조하게 말하며 이번에는 양손에 하나씩 돌을 집어 들었다.

"쉿!"

아레이는 급하게 Q의 말을 끊고 귀를 기울였다. 그림자 구렁이 똬리 안에서 무슨 소리가 들린 것 같았다.

Q가 입을 닫고 숨을 죽이자 안 그래도 소리 없는 그림자계에 죽음과 같은 적막이 찾아들었다.

순간, 숲속의 고요를 흔들며 무언가 울렸다.

"노래야……"

아레이가 퍼뜩 눈을 뜨며 중얼거렸다.

까만 그림자를 뚫고 어렴풋하게 노래가 흘러나왔다. 노래가 퍼질수록 그림자 구렁이의 똬리가 가물가물 풀려 갔다. 외눈도 번져 흩어지기 시작했다.

엷어지는 그림자 속에서 무언가 보였다.

"히카루다!"

Q가 소리쳤다.

히카루가 노래하고 있었다.

이건…… 천신의 멜로디다.

아레이는 생각했다.

"히카루!"

Q가 부르자 그림자 너머에서 히카루가 눈을 들었다.

노래가 까만 베일을 흔들었다. 시들어 가는 그림자 너머로 히카루의 모습이 선명히 보였다. 히카루에게 휘감긴 그림자가 마침내 두둥실 아른거리며 흩어졌다.

노래가 멈추었다.

웅크려 주저앉은 히카루 곁으로 아레이와 Q가 달려갔다.

"히카루!"

"괜찮아?"

두 사람이 입을 모아 말하며 어깨에 손을 얹자, 히카루는 슬쩍 고개를 들었다.

"너 그림자 구렁이한테 먹혔었어! 기억나?"

흥분하여 떠들어 대는 Q를 올려다보며 히카루가 오도카니 말했다.

"누구야? 돌 던진 사람."

"어?"

아레이와 Q는 얼굴을 마주 보았다. 아까 두 사람이 던진 돌이 그림자 구렁이 안에 있던 히카루에게 명중했나 보다.

겸연쩍게 입을 다문 아레이와 Q에게서 휙 눈길을 거두고 히카루가 허청허청 몸을 일으키려고 했다.

"우, 울렁거려……. 토할 것 같아……."

둘에게 부축받으며 히카루가 일어섰을 때, 뒤에서 이나미의 목소리가 들렸다.

"히카루, 넌 천음을 부를 줄 아는구나아?"

어느샌가 이나미가 다가와 히카루를 유심히 보고 있었다.

"뭐? 천음?"

이나미는 빙그르르 발걸음을 돌리며 말했다.

"설명은 나중에. 것보다 서두르자아. 금세 그림자 괴물이 부활할 거야. 천음의 힘이 황천귀를 막아 줬나 봐. 하지만 곧 다시 공격해 올 거야. 그러니까 어서 빈틈을 찾아야 해."

아레이와 Q는 휘청거리는 히카루를 양쪽에서 부축하면서 이나미를 뒤따랐다.

왜 히카루는 그림자 안에서 노래를 불렀을까?

아레이가 마음속으로 한 생각을 Q가 입 밖으로 꺼내 히카루에게 물었다.

"노래는 왜 불렀어? 그게 전에 말한 천신의 멜로디야?"

"맞아."

끄덕이는 히카루의 몸이 조금 비틀거렸기에 아레이는 히카루를 잡은 손에 힘을 주었다.

히카루는 아레이와 Q의 얼굴을 보려고 하지 않았다. 야영장으로 걷는 동안 그저 땅바닥만 바라봤다.

히카루의 팔꿈치가 아레이에게 닿았다. 히카루가 발을 내디딜 때마다 간질거리며 희미하게 온기를 전해 왔다.

히카루 입에서 펑펑 말이 쏟아졌다.

"몸은 얼음장처럼 차가워지지, 심장은 터질 것 같지, 숨은 안 쉬어지지……. 너무 무서워서 이제 안 되겠다 싶었을 때, 멜로디가 머릿속에 울렸어. 지난번 학교 주차장 차 안에서 외눈박이 그림자 손에 끌려 나갈 뻔했을 때처럼. 멜로디가 들리면 깜깜한 물속에서 떠오른 듯이 숨통이 조금 트였어. 그래서 따라 불렀어. 오늘은 플루트가 없으니까……"

Q가 히카루를 사이에 두고 아레이를 건너다보며 말했다.

"왠지 모르겠지만 황천귀가 그 멜로디를 싫어하는 거 아냐? 그렇다는 건 히카루가 노래를 계속 부르면 괜찮다는 말? 그러면 우리한테 손대지 못한다는 거지?"

"계속 부르기는 무리야. 이제 안 들리는걸."

두 사람 가운데서 히카루가 말했다.

"난 따라 할 뿐이라서 멜로디가 안 들리면 초반밖에 못 불러. 엄청 길단 말이야. 심지어 패턴이 하나도 없어. 후렴구도 반복되는 박자도 없거든. 그저 동강동강 음이 이어질 뿐이라서…….여러 번을 들어도 외워지지가 않아."

세 사람보다 한발 앞서 야영장 입구에 도착한 이나미가 돌이켜 보며 아이들을 재촉했다.

"빨리 오라니까아! 봐, 그림자 괴물이 벌써 원래대로 돌아오기 시작했어."

아이들도 야영장에 도착해 퍼뜩 뒤를 돌아봤다.

히카루의 팔꿈치가 아레이 명치를 세게 파고들었다.

흩어졌던 검은 그림자가 다시 엉겨 붙으려 했다. 나무숲 사이에서 물밀듯 흘러나와 부글부글 들끓으며 빙빙 회오리치기 시작했다.

바짝 닿은 히카루의 팔꿈치가 미세하게 떨리는 걸 아레이는 느낄 수 있었다.

"서둘러!"

이나미가 고함치며 달려갔다.

아레이와 Q, 히카루도 해님터 한가운데로 달리며 빈틈을 찾아 분주히 주위를 훑었다.

원래 해님터는 둥그런 모양인데, 지금은 반 넘게 하얀 안개에 뒤덮여 보이지 않는다. 해님터에는 그늘막 다섯 개가 드문드문 자리해 있었다. 그 주변으로는 나무숲이 무성한 우듬지를 펼치고 있다. 아레이는 기억 속 데이터와 그림자계 풍경을 열심히 맞댔다.

어렴풋한 위화감이 아레이의 감각을 잡아끌었다. 나무숲과 그늘막의 어딘가가 실제 풍경과 미묘하게 어긋난 느낌이 든다.

아레이는 눈을 부릅떴다.

그늘막 간격이 아레이의 기억보다 촘촘했다. 지금 보이는 해님터 앞쪽에는 원래라면 그늘막이 네 개뿐이어야 했다. 그런데 그늘막이 하나 더 늘어나, 간격이 좁아지고 나무숲과의 거리가 틀어진 것이다.

"찾았어! 빈틈은 그늘막이야. 실제보다 하나가 더 많아!"

아레이의 말에 Q가 그늘막 다섯 곳을 두리번두리번 둘러보았다.

"그럼 빈틈 속의 빈틈은 뭐지?"

"그늘막 번호!"

아레이가 되받아 외친 뒤 가까운 그늘막으로 달려가 어딘가에 쓰여 있을 구역 번호를 찾았다.

"있다!"

맨 왼쪽 그늘막 앞에 선 이나미가 외쳤다.

"말뚝 위에 번호판이 붙어 있어! 여기는 6!"

"6? 한 자릿수네? 여긴 28이라고 적혔는데."

Q가 고개를 갸웃했다.

"여긴 496이야!"

아레이도 번호판을 들여다보며 말했다.

"으음…… 6, 28, 496?"

무언가 골똘히 생각하며 Q가 중얼거렸다.

"얼른!"

이나미가 외쳤다.

"괴물이 온다!"

숲 구석에서 까만 그림자 구렁이가 또렷이 모습을 드러냈다. 머리 꼭대기에서 동그란 눈알 하나가 형형히 빛났다. 구렁이는 친친 감은 똬리 위로 모가지를 높게 쳐들고 당장에라도 아이들에게 덤벼들 것 같았다.

아레이는 황급히 옆 구역 그늘막 번호를 확인했다.

"여기는 53589!"

그리고 오른쪽 맨 끝 그늘막 번호를 히카루가 부르짖듯이 읽었다.

"8128!"

"아앗, 늦었어!"

이나미가 외쳤다.

"다들! 얼르은! 안개 속으로 뛰어들어!"

"뭐?"

히카루가 화들짝 놀라 번호판을 바라보던 눈을 이나미에게 돌렸다.

또리를 푼 구렁이가 까만 물결이 되어 땅바닥을 기어 오고 있었다. 이나미가 다시 소리쳤다.

"얼르은! 이리로 오라니까! 자, 손잡아!"

"하지만 그랬다간……"

히카루의 말을 끊고 이나미는 쇳소리로 외쳤다.

"내 말대로 해애! 빨리! 빨리! 빨리이!"

그 기세에 눌려 아이들은 이나미 주위로 모였다. 이나미는 낚아채듯이 아레이와 Q의 손을 잡았다.

"아레이는 히카루랑 손잡아! 들어간다아! 안개 속에서 천천히 열까지 세는 거야. 알았지? 다들 손 놓지 마. 열까지 세면 밖으로 나갈게. 그 이상은 하지 않을 테니까아."

그림자 구렁이는 순식간에 나무숲 사이를 빠져나와 해님터로 기어들었다.

"간다!"

이나미가 한 번 더 외치며 손에 힘을 줬다. 아레이는 다른 한쪽 손으로 히카루의 손을 단단히 움켜쥐었다.

"하나, 두울……."

"으으, 진짜 싫어!"

히카루가 투덜대고…….

"아, 빈틈 속 빈틈! 알 것 같은데!"

Q가 외쳤을 때.

"셋!" 하고 소리치며 이나미가 눈앞의 안개 속으로 몸을 던졌다. 아레이와 Q, 히카루도 안개 속으로 처박혔다.

화이트아웃. 순식간에 소리가 사라졌다. 시야가 온통 하얗게 덧칠됐다. 어디가 하늘이고 땅인지, 어디가 앞이고 뒤인지 하나도 모르겠다.

저릿저릿한 공포가 스며들었다.

"하나……."

몸에 푹푹 꽂히는 공포를 뿌리치려 아레이는 소리 내서 수를 셌다. 그러나 목소리는 입에서 나오자마자 하얀 안개 속으로 사라져 버리는지 귀에 닿지 않는다. 심장만 벌름거렸다.

"두울……."

바로 곁에 있을 이나미의 목소리도 Q나 히카루의 기척도 무엇 하나 느낄 수 없었다. 마치 하얀 세상 속에서 혼자 헤매는 것 같다.

몸이 점점 싸늘해졌다. 마른땀이 줄줄 등을 타고 흘렀다.

"세엣……."

땅이 무너져 사라지고 끝없는 구덩이 속으로 떨어지는 듯한 감각이 아레이를 덮쳤다.

"넷!"

여기는 어디지?

나…… 뭐 하는 거지?

의식마저 하얗게 칠해지는 것만 같다. 공포가 사방에서 들이닥쳤다.

"다섯……."

숨을 못 쉬겠다. 바늘로 사정없이 찌르는 것처럼 심장이 콕콕 쑤셨다.

"여섯……."

이제 목소리가 나오지 않는다.

여기는 어디지? 어디야? 어딘데!

생각이 메아리쳐서 머리뼈가 으스러질 것 같다.

"일고옵……."

순백의 세상이 아레이를 짓뭉개려 했다. 공포가 온 혈관을 타고 돌아다닌다.

"여덟……."

이제 안 되겠다. 숨이 막힌다. 심장이 터질 것 같다. 차라리 의식을 놓아 버리면 편할 텐데. 무릎이 후들후들 떨렸다.

"아홉······."

무언가 아레이의 손을 움켜쥐었다.

이나미다.

하얀 공포 속으로 집어삼켜질 뻔했던 의식이 되돌아왔다. 동시에 온몸을 괴롭히는 통증이 생생히 느껴졌다. 극심한 괴로움 속에서 아레이는 다른 한쪽 손으로 히카루의 손을 세게 쥐었다. 히카루도 아레이의 손을 세게 쥐었다.

찢어질 듯한 허파로 악착같이 숨을 빨아들이며 마지막 수를 입에 올렸다.

"열······."

이나미의 손이 힘껏 아레이를 끌어당겼고, 아레이 손은 히카루를 끌어당겼다.

모두 자빠지듯이 안개 속에서 튀어나왔다. 아레이는 땅에 엉덩방아를 찧은 자세로 주위를 둘러보았다. Q와 히카루, 이나미도 흙바닥에 털썩 주저앉아 있었다.

이나미는 눈물을 방울방울 흘리며 어깻숨을 헉헉 내쉬었다. Q는 바닥을 짚고 웩웩거렸다. 히카루는 입을 반쯤 벌리고 넋나간 듯 앉아 있었다.

아레이는 여전히 히카루의 한쪽 손을 잡고 있다는 걸 깨닫고 슬쩍 손을 놓았다.

주위를 둘러보니 그림자 구렁이의 모습은 없었다.

"구…… 구렁이가 없어……?"

떨리는 목소리로 아레이가 말했다. 옷이 땀으로 흥건했다. 아직도 심장과 머리가 욱신욱신, 쿡쿡 쑤셨다.

"안개 속에 숨는 바람에 우리를 놓친 거야아."

눈가가 촉촉한 이나미가 헤실헤실 웃으며 입을 열었다.

"그림자 괴물은 안개랑 성분이 같아. 그러니 안개 속에 들어간 우리를 인식할 수 없었던 거지이. 지금쯤 당황해서 그림자계를 구석구석 뒤지고 있을걸!"

이나미는 한 번 더 휘휘 정신없이 그림자계를 둘러보며 한마디 덧붙였다.

"그래도 또 금세 돌아오겠지만……."

멍하니 있던 히카루가 느닷없이 소리를 질렀다.

"끔찍해! 정말 싫어! 구렁이한테 잡아먹히질 않나, 쫓겨 다니질 않나!"

"나한테 맡겨."

갑자기 Q가 고개를 빳빳이 들고 말했다. 납죽 엎드린 자세여서 그다지 믿음직스럽지는 않았다.

"빈틈 속의 빈틈, 찾았거든."

"뭔데?"

아레이가 덤벼들다시피 Q에게 물었다.

그러고 보니 안개 속으로 뛰어들기 직전, Q는 "알 것 같은

데!"라고 말했었다.

Q가 비틀비틀 몸을 일으켰다.

"이쪽이야. 봐, 여기. 오른쪽에서 두 번째 그늘막 번호! 53589는 틀렸어. 나머지 네 개는 모두 완전수야. 그 자신의 수를 뺀 약수의 합이 그 수 자체가 되는. 그런데 53589만 완전수가 아냐. 완전수는 지금까지 짝수밖에 발견되지 않았는데 말이야. 그게 정확히 뭐냐면……"

"설명은 됐어." 하고 아레이가 가로채고 "이제 지긋지긋해!" 하고 히카루가 또 신경질을 냈다.

"여하튼 얼른 탈출하자!"

이나미 말에 반대하는 사람은 없었다.

녹초가 된 아레이와 Q, 히카루와 이나미는 휘청거리며 오른쪽에서 두 번째 그늘막 주위로 모였다.

나무 막대기를 늘어세워 표시한 네모난 그늘막 구역 바깥변에 네 사람은 한 명씩 섰다.

"그럼 돌아가자! 하나, 두울……"

Q가 빠르게 말을 내뱉는데, 문득 옆쪽 땅바닥에 떨어진 무언가가 히카루의 시선을 끌었다.

"어? 이거 하루코 가방인데……"

히카루가 허리를 숙여 손을 뻗었다.

"만지면 안 돼!"

이나미의 외침이 Q의 신호와 겹쳤다.

"셋!"

그 신호에 떠밀리듯 아이들은 두 번째 그늘막 구역 안으로 한 발짝 내디뎠다.

흐물흐물 공기가 일그러졌다.

숨어든 자

머리 위로 푸른 하늘이 보였다.

후유, 돌아왔어…….

아레이는 바닥에 주저앉았다. 반쯤 꿈꾸는 기분이었다.

히카루 손에는 가방이 들려 있었다.

"바보! 이리 줘어!"

이나미가 서슬이 퍼렇게 화를 내며 가방을 낚아채 갔다.

"뭐야? 왜 저래."

히카루는 어이가 없었지만 뒤쫓아 갈 기운은 남아 있지 않
은지 그저 가만히 서 있었다.

체육관 뒤에서 그림자계로 보내졌을 때 하루코가 그림자계
에 떨어트리고 온 가방이었다. 이나미는 해님터 한가운데에 있

는 캠프파이어 자리에 그 가방을 던져 넣고 재킷 주머니에서 무언가를 꺼내 가방에다 홀홀 뿌렸다.

"엥, 뭘 뿌리는 거지?"

Q가 아레이의 맞은편에 앉으며 갸우뚱했다.

하얀 모래알처럼 생긴 걸 흩뿌리면서 이나미는 무어라 중얼거렸다. 그다음 주머니에서 안내 책자 같은 종이를 끄집어냈다. 그리고 종이에 라이터로 불을 붙이더니 몸을 굽혔다. 책자를 불쏘시개 삼아 가방을 태우려는 듯했다.

"아……."

히카루가 조그맣게 소리를 울렸다.

종이에 붙은 불이 타다 남은 나무에 옮겨붙어 피어올랐다. 곧 불길은 하루코의 가방을 휘감았다.

"하루코 건데!"

히카루의 비명에 Q가 눈을 동그랗게 뜨고 불타오르는 가방을 바라보았다.

"어? 이나미, 헐크 가방 태우는 거야? 간도 크다 너……. 헐크 손에 죽었다!"

아레이는 활활 타 재가 되어 가는 하루코의 가방을 그저 물끄러미 바라보고 있었다. 탄내가 바람에 실려 그늘막까지 풍겨 왔다.

이윽고 다 타서 까만 재가 되자 이나미는 그 재까지 자근자

근 밟고 나서야 아이들이 있는 곳으로 헉헉 어깻숨을 쉬며 돌아왔다.

"야, 히카루! 내가 분명 만지지 말랬지이?"

히카루를 매섭게 노려보며 이나미는 그늘막 옆 땅바닥에 엉덩방아를 찧듯 주저앉았다.

"만지지 말라니까 왜 가지고 오냐고오!"

계속해 쏘아 대는 이나미에게 히카루도 발끈했다.

"하루코 가방이잖아! 넌 왜 남의 물건을 함부로 태우는데?"

"에휴, 이래서 풋내기는 안 된다니까."

이나미는 투덜투덜 말하며 크게 한숨을 지었다.

"그림자계 물건을 여기로 가져오다니 생각이 있는 거야아, 없는 거야? 도대체……. 그림자계에 있는 건 쓰레기 하나, 돌멩이 하나도 현실 세계로 가져와선 안 돼. 알겠어?"

이나미는 다짐을 두듯이 아레이와 Q, 히카루의 얼굴을 차례차례 쏘아보았다.

"왜?"

Q가 물었다.

"쯧쯧, 다들 위기감이라고는 하나도 없네에. 한심하군."

이나미가 혀를 차며 말을 이었다.

"우린 말이야, 치명적인 바이러스보다 더 위험한 놈을 상대하고 있다고오. 그림자계를 감싸는 황천 고치는 황천귀를 지키는 보호막이기도 하지만, 반대로 현실 세계에 있는 우리를 황천귀와 분리해 주는 벽이기도 해. 근데 굳이 저쪽 물건을 이쪽으로 가져오면 어쩌자는 거야. 황천귀까지 같이 우리 세계로 넘어올 수 있다고 생각 못 하냐아?"

이나미의 불길한 말에 숨을 삼키며 아이들은 말없이 얼굴을 마주 보았다.

"하지만……. 황천 고치가 찢어질 때까지 황천귀는 현실 세계로 못 나오는 거 아니야?"

히카루가 물었다.

"보통은 그렇지."

이나미는 히카루를 보며 쌀쌀맞게 말했다.

"어디 사는 바보가 옮겨 오지만 않는다면."

입을 다문 히카루를 대신해 아레이가 물었다.

"그 가방 속에 황천귀가 숨어들었다는 말이야?"

이나미가 힐끗 아레이를 봤다.

"황천귀는 어디든 숨으니까. 말했잖아? 황천귀가 우리에게 보이는 건 그림자계 안에서만이라고. 현실 세계로 넘어오면 황천귀는 눈에 안 보여. 그러니 어디에든 숨을 수 있다는 말. 그리고 애초에 이상하잖아?"

말을 멈춘 이나미가 다시 한번 빤히 아레이를 봤다.

"어째서 하루코의 가방이 그림자계에 있는 건데?"

"그야 지난번 그림자계에서 탈출할 때 하루코가 떨어트리고 왔으니까……."

Q가 꿍얼꿍얼 설명하자 이나미 얼굴에 처음으로 놀란 표정이 떠올랐다.

"뭐어? 하루코가 그림자계에 들어온 적 있어? 그렇다면 하루코도 깃든이라는 뜻?"

이나미는 올빼미처럼 거의 직각으로 고개를 기울이며 중얼거렸다.

"음, 하루코가 뭘 잘했던가아? 좀 어벙해 보이던데……."

하루코의 능력을 이나미에게 말해야 할지 말아야 할지 망설이면서 아레이와 Q, 히카루는 눈빛을 교환했다. 결국 Q가 이나미에게 털어놓았다.

"괴력이야. 힘이 엄청 세. 헐크처럼……."

"진짜야?!"

이나미가 흥분했다.

"와아, 굉장해! 몰랐어……. 정말 사람은 겉만 보고는 모르는 거네."

남 말 하네. 자기는 겉이 아저씨면서…….

아레이는 속으로 토를 달았다.

히카루가 안절부절못하는 기색으로 가방을 태운 곳을 바라보며 물었다.

"그 가방에 정말로 황천귀가 숨어 있었다고? 내가 옮겨 와
버렸다는 거야?"

아레이도 이상하다고 생각했다. 하루코의 가방이 갑자기 공
원, 그것도 빈틈 옆에 떨어져 있다니. 하루코가 그 가방을 떨어
트린 곳은 학교 주차장이었다. 가방이 스스로 이동해 왔다고
생각하긴 어려웠다. 누군가…… 혹은 무언가가 가방을 거기에
옮겨 둔 건 아닐까?

황천귀의 덫인가?

등골이 오싹했다.

이나미가 또 한 번 큰 한숨을 쉬고 이야기를 꺼냈다.

"암튼 다들 더 신중하게 행동하자아. 이번 그림자계는 규모
가 아주 커. 황천 고치가 찢어지면 분명 무시무시한 재앙이 덮
칠 거야."

아이들은 잠자코 얼굴을 마주 보았다. 기분 탓인지 얼굴이
하나같이 조금 창백해 보였다.

"만약 황천귀가 이미 현실 세계로 넘어왔다면?"

아레이가 눈을 딱 감고 이나미에게 물었다.

"고치가 찢어져서 황천귀가 한꺼번에 몰려올 때와 같은 큰
재앙은 일어나지 않아. 내가 방금 가방을 정화하기도 했고오.
현실 세계로 나온 황천귀가 있더라도 아직 햇빛에 맞설 힘이
부족할 테니 여기서 더 증식할 순 없어. 황천귀의 수가 적으니

큰 재앙을 불러일으키지는 못할 거야.”

“정화했다니?”

Q가 끼어들어 묻자 이나미는 재킷 주머니에서 무언가를 꺼내 아이들에게 내밀어 보였다.

조그맣게 접은 종이였다. 이나미가 끝을 집어 흔들자 짤짤 희미한 소리가 났다.

“쌀알이야.”

이나미가 웃어 보였다.

“쌀알?”

Q는 눈을 치켜뜨고 거듭 물었다.

“가방에 쌀알을 뿌린 거야?”

“쌀은 정화 작용을 해. 부정을 없애는 힘이 있거든. 그래서 늘 지니고 다니지. 프로 깃든이의 필수품이니까아.”

뻐기는 듯한 이나미의 말에 아레이와 Q, 히카루는 약간 어이없어하며 얼굴을 마주 보았다.

이번에는 아레이가 물었다.

“쌀 뿌리면서 중얼중얼 말한 건 뭐야?”

“회귀 주문 말이야?”

되돌아온 물음에 아레이는 한 번 더 물었다.

“회귀 주문이라니?”

이나미는 귀찮다는 듯이 어깨를 으쓱했다.

"어차피 설명해 봤자 모르잖아. 우리 집안 대대로 전해지는 주문이야. 정화를 돕는 작용을 해애."

히카루가 재차 확인하듯 이나미에게 물었다.

"그럼 괜찮은 거야? 만약 그 가방에 정말 황천귀가 있었다고 해도 정화해서 불태워 버렸으니까 이제 괜찮다는 거지?"

"괜찮다고는 안 했는데."

이나미는 짓궂게 말하며 히카루를 보았다.

"거기에 황천귀가 얼마나 숨어 있었는지 모르고, 전부 정화해서 불살랐는지는 더 알 수 없어. 어찌 됐든 달아난 황천귀가 있다고 해도 그 수는 적을 거야아. 하지만 완전 괜찮을 리는 없지. 큰 재앙을 일으키지는 못해도 불길한 징조를 가져올 테니."

"불길한 징조?"

되묻는 히카루에게 끄덕거리며 이나미는 계속 설명했다.

"커다란 재앙이 일어날 불길한 징조 말이야……. 그 자체가 큰 피해를 주는 일은 없지만 다음에 덮쳐 올 큰 재앙의 마중물처럼 작은 재앙이 연속해서 일어나는 거야. 나무가 말라비틀어지거나 호수, 강, 바다에 사는 물고기가 대거 죽기도 해. 폭우가 쏟아지고 돌풍이 몰아치거나, 바다가 붉게 물드는 적조가 발생하기도 하지. 골치 아픈 건 현실 세계에 징조가 나타나기 시작하면 그림자계와 맞물려 고치가 찢어지는 시기를 앞당긴다는 거야. 예정보다 빠르게."

"고치가 찢어지는 시기라니…… 그런 게 정해져 있어?"

아레이가 묻자 이나미는 끄덕였다.

"응. 대충은. 황천 고치는 발생부터 파열까지 모두 같은 성장 단계를 거치거든. 초기 단계의 고치는 형태가 일정하지 않지만, 단계가 진행될수록 천구의 형태를 본뜨듯이 부풀어서 고치로 감싼 그림자계의 땅 모양은 동그라미에 가까워져. 그리고 마침내 완벽한 원이 됐을 때……"

갑자기 이나미가 크게 손뼉을 쳐서 아레이는 심장이 철렁 내려앉는 듯했다.

"빵!"

재미있다는 듯 이나미는 아이들의 얼굴을 둘러보았다.

"황천 고치가 찢어지는 거야아. 오늘 그림자계에서 경계를 확인해 보니 제법 원에 가까워져 있었어. 게다가 땅거미를 한 마리도 못 봤잖아? 그 녀석들, 고치가 어느 정도 커지면 그림자계에서 모습을 감춰. 고치가 터질 때 충격을 받거든. 약해 빠졌으니까."

"그럼, 금방이라도 고치가 찢어질 수 있다는 거야?"

묻는 히카루의 얼굴을 맞바라보며 이나미는 잠시 생각한 끝에 말했다.

"아니. 아직 오늘내일하지는 않아. 꽤 동그래지긴 했지만, 완벽한 원이 되려면 시간이 좀 더 걸릴 것 같아. 앞으로 2주 정도려나아."

"2주?!"

Q가 괴상한 목소리로 소리쳤다.

"으에엑! 앞으로 14일 뒤에 재앙이 일어난다고? 그때까지 어떻게든 하지 않으면 큰일 난다는 거네? 어떡하지? 당장 그림자계로 쳐들어가서 쌀이든 소금이든 마구 뿌리고 불사르는 게 좋지 않을까?"

이나미의 입에서 초대형 한숨이 흘렀다. 그와 함께 "이래서 풋내기는……." 하는 중얼거림도 튀어나왔다.

"자!"

이나미는 수업을 시작할 때처럼 아이들의 얼굴을 순서대로 쳐다보고는 천천히 입을 열었다.

"아까 내가 쌀과 불로 정화할 수 있었던 건 황천귀의 수가 한 줌도 안 된 데다가 그림자계가 아니었기 때문이야. 사람의 방법은 이 세상에서만 통해. 기도와 성수, 십자가와 마늘 같은 것도 현실 세계에서만 효과를 내지. 그림자계에서는 소용없어. 황천 고치에 감싸여 있는 한 황천귀는 보호받으니까. 떠올려 봐. 그림자 괴물들도 잠시 흩어 놓을 순 있었지만 아예 없앨수는 없었어. 금세 제 모습을 되찾았잖아?"

이나미의 말을 듣고 나니 진득하고 무거운 게 마음속에 흘러드는 느낌이 들었다. 그건 절망이라는 이름의 어둠이었다.

"그럼…… 어떡하지?"

아레이는 어둠 속에서 발버둥 쳐 나오려고 답을 찾았다.

이나미가 히죽 웃었다.

"헤엣, 그래서 천신의 계획이 있는 거잖아? 그 계획을 위해 우리가 모인 거야. 황천귀를 봉인할 수 있는 건 천신뿐이니까. 우리는 그 계획에 따르는 수밖에 없어."

"넌 알아? 천신의 계획을?"

Q가 질문했다.

"몰라아."

"그럼 무슨 수로 계획을 따르는데?"

히카루가 까칠하게 따졌다.

이나미는 조그맣게 숨을 들이쉬더니 천천히 입을 열었다.

"필요할 때 계시를 내리겠지. 깃든이 중에 천신의 메시지를 받는 역할을 하는 사람이 있을 거야. 난 아니지만."

"그럼, 그 고양이인가? 고양이가 신이 보내는 메시지를 받는 역할이야?"

Q가 묻자 이나미는 고개를 갸우뚱했다.

"응? 웬 고양이?"

이번에는 Q가 고개를 갸웃하며 뜻밖이라는 표정을 지었다.

"얼룩덜룩한 고양이 만난 적 없어?"

"꿈에서 말고?"

Q는 아레이와 얼굴을 마주 본 뒤 이나미에게 말했다.

"응, 진짜 고양이 말이야. 걔도 깃든이거든."

"고양이가아?!"

이나미는 진심으로 당황스러운지 Q를 바라보았다.

"거짓말……. 고양이가 깃든이라는 소리는 들어 본 적 없어. 능력은 뭔데에?"

"말할 줄 알아. 말하는 고양이야."

Q의 말이 끝나자 아레이가 설명을 보탰다.

"정확히는 말하는 게 아니라 뇌 속 신호에 간섭해서 메시지를 전달하는 거야. 그래서 천신의 메시지를 감지해 나랑 Q한테 전했어."

이나미는 얼굴을 찌푸렸다.

"그래도 고양이라니 말도 안 돼. 고양이가 깃든이라니 믿을 수 없다고오……."

"진짜지, 아레이? 우리 고양이가 말하는 거 봤지?"

호소하는 Q에게 아레이가 한 번 더 말했다.

"말하는 게 아니라 뇌 속 신호에 관여하는 거라고."

"그 고양이가 어떤 메시지를 전했어?"

이나미의 질문을 받은 Q가 아레이를 봤다.

"어떤 메시지더라?"

아레이는 입에서 터져 나오려는 한숨을 삼키고 Q를 대신해

답했다.

"첫 번째는 이 지역에 황천귀가 나타났고, 그 황천귀를 땅속으로 봉인하기 위해 일곱 깃든이가 소환됐다는 메시지야. 나머지 깃든이들을 찾으라고 고양이가 그랬어. 두 번째에는 고양이의 모습은 보이지 않았고, 이 땅에 신이 내려오니까 그 신을 맞이하라는 목소리만 들렸어."

이나미의 눈이 이상한 빛을 띠었다.

"내려왔어? 신이?"

아레이는 문득 손이 땀으로 축축하다는 걸 깨달았다. 양 손바닥을 셔츠 자락에 쓱쓱 닦은 뒤 목소리를 살짝 낮추고 이나미에게 말했다.

"몰라. 근데 피코가 그다음 들어간 그림자계에서 청동 거울을 주웠어. 천신이 그림자 괴물보다 먼저 그 거울을 차지하라고 했대. 청동 거울은 아무래도 그림자계와 현실 세계에 동시에 존재했던 것 같아."

"그걸 손에 넣은 거지?"

이나미는 몸을 내밀고 물었다.

아레이가 끄덕이자 어딘가 황홀한 듯한 표정으로 이나미가 말했다.

"다행이다아……. 그건 분명 특별한 거울이야."

이나미가 계속 설명했다.

"먼 옛날, 황천귀가 수시로 우리 세계를 위협했던 시절에 천신의 지혜를 빌려 만든 거울일 거야. 황천귀를 쫓아내는 도구지. 옛사람들은 황천귀가 다시 출현할 때를 대비해 그런 도구를 곳곳에 묻어 두었다고 해. 천신은 그 거울을 파내서 우리가 천신의 힘을 쓸 수 있게 해 준 거야. 천신이 차질 없이 황천귀 봉인을 준비하고 있다는 소리지."

문득 떠올랐는지 이나미가 덧붙였다.

"그리고 말이지, 아마 피코의 능력은 예지력이 아닐 거야. 신이 보는 걸 보는 눈을 지닌 거지이. 천신의 눈은 시공을 초월해 모든 걸 내다보니까. 신이 보여 주려는 걸 피코가 전해 받고 있다고 해도 좋겠지."

자못 질린 듯한 기색으로 히카루가 끼어들었다.

"저기, 아까 했던 질문으로 다시 돌아가도 될까? 그래서 결국 신은 어떻게 우리한테 계획을 알려 주는데? 우리더러 어쩌라는 거야?"

이나미는 재미있다는 듯 히카루를 쳐다보았다.

"천신의 메시지는 사방에 널렸어. 하지만 그걸 느낄 수 있는 건 특별한 사람뿐이야아. 어떤 사람은 그 메시지를 장면으로 봐. 또 어떤 사람은 뇌에 흐르는 전류 신호로 받지. 그리고 또 멜로디로 듣는 사람도 있어."

Q가 깜짝 놀라 히카루를 보았다.

"어? 그럼 히카루도 천신의 메시지를 받는 거야?"

이나미는 잠시 말을 멈추고 빙글거리면서 아레이와 Q, 히카루를 보다가 다시 입을 열었다.

"그래애. 히카루는 눈치채지 못했겠지만, 천신의 메시지를 받고 있어. 게다가 히카루에게 전해지는 메시지의 형태, 음악은 애초에 신의 본딧말에 가장 가깝다고 하거든."

"신의…… 본딧말?"

아레이가 중얼거리자 이나미는 끄덕이며 어딘가에서 인용한 듯한 말을 입에 올렸다.

"신, 말을 발하자 곧 음악이 되나니. 신, 말을 나타내자 곧 수가 되나니. 신의 말은 하늘과 땅에 가득 차 만상에 거하도다."

뜻을 헤아리기 어려워 서로 살피듯이 시선을 주고받는 아이들을 보며 이나미는 말을 이었다.

"우리 집안에 전해 내려오는 책에 쓰여 있는 구절이야. 신이 하는 말은 음악이 된다는 뜻. 아마 히카루는 가장 직접적으로 신의 메시지를 받고 있는 걸 거야."

"하지만 난 그게 무슨 의미인지도 모르는데?"

히카루가 뾰족하게 말했다. 이나미는 어깨를 으쓱하며 말을 되받았다.

"그렇겠지이. 하지만 의미는 몰라도 넌 그 신의 본딧말을 재생할 수 있잖아?"

"재생?"

아레이는 입 밖으로 중얼거렸다.

"그래애. 아까 그림자 구렁이 안에서 히카루는 천신이 보낸 멜로디를 소리 내어 불렀어. 그래서 구렁이가 물러선 거야. 더 정확하게는, 천신의 본딧말로 히카루가 말을 하니까 구렁이를 조종하는 황천귀가 겁을 먹은 거야. 일종의 주문일지도 몰라. 황천귀를 땅속으로 보낼, 퇴치 주문······."

이나미가 잠시 말을 끊고 물끄러미 히카루를 쳐다보았다. 히카루는 그 시선에 맞서듯이 이나미를 도로 쏘아봤다.

"그게 분명 히카루의 역할이야아. 신의 말을 고스란히 재생하기 위해 히카루의 능력이 필요한 거야. 신의 본딧말을 우리는 천음이라고 불러. 천음은 이번 계획에서 빠질 수 없는 중요한 요소라고 봐. 그러니 천신은 히카루를 지키려고 한 거지."

그렇게 말을 끝맺은 이나미는 한 차례 크게 숨을 쉬며 고개를 주억였다.

"틀림없어. 천신은 벌써 움직이기 시작했어. 그런데 아무래도······ 고양이가 멤버인 건 불만인데. 좀 더 멀쩡한 녀석이랑 한 팀이 되고 싶은데에······."

너도 그다지 멀쩡한 편은 아니지 않냐.

아레이가 속으로 태클을 걸었다. 카오스 고양이와 수상한 아저씨, 어느 쪽이 나은지 모르겠다. 아무리 생각해도 이나미는 믿고 의지할 수 있는 동료라는 느낌은 아니었다. 뭐, 고양이라고 미덥지는 않았지만…….

아이들 앞에서 이나미가 비틀거리며 일어섰다.

"자, 슬슬 난 사라질게."

엉덩이에 묻은 흙을 털면서 이나미가 말했다.

"집으로 돌아가서 아저씨 이나미 마음속에 숨을래. 불쌍한 이나미 선생님은 현장체험학습이 끝날 무렵부터 집에 돌아가기까지의 기억이 증발해서 허둥대겠지만 뭐, 가끔 있는 일이니까 어떻게든 극복할 수 있을 거야. 너희도 다음 주 학교에서 만나면 좀 친절히 대해 줘어."

"뭐랏!"

Q가 눈을 부라리며 이나미를 빤히 보았다.

"학교에서 만나는 이나미 선생님은 이 어린이 버전 이나미를 모른다는 거지? 으윽, 이나미 선생님을 평소처럼 대할 자신 없는데……."

"크큭."

이나미가 웃었다.

"괜찮아, 괜찮아. 금방 익숙해질 테니까. 오늘 일어난 일은 선생님 이나미한테는 비밀이다? 쓸데없는 소리 하기 없기! 알았지이? 난 계속 선생님 안에서 너희를 지켜보고 있으니까. 잊지 말고오."

말을 마치고 이나미는 버스 정류장 쪽으로 걷기 시작했다.

"섬뜩한데……."

Q가 속닥거렸을 때 이나미가 휙 이쪽을 돌아보았다.

"맞다! 참……."

무언가 떠올랐나 보다.

"다른 깃든이들에게 말해 줘. 징조를 놓치지 말라고. 만에 하나 불길한 징조 비슷한 걸 보면 바로 손을 써야 하니까아."

말을 마친 이나미는 아이들에게 등을 돌리고 멀어져 갔다.

"아…… 식겁했네."

Q가 훅 숨을 토했다.

"진짜 싫어. 이상한 이나미 선생님 속, 더 이상한 어린이가 동료라니."

히카루가 지쳤다는 듯이 말했다.

아레이는 작아지는 이나미의 뒷모습을 바라보면서 천천히 몸을 일으켰다.

온몸이 삐걱거리는 양 아팠다. 그림자계에서 도망 다니고 안개 속으로 뛰어드느라 충격을 받았던 몸이 아직 온전히 회복하지 못했다.

"가자. 몇 시지?"

시간을 확인하려고 아레이가 꺼낸 핸드폰 화면에 문자 메시지가 떠 있었다. 여동생 아키나가 보낸 거다. 아키나는 전학 오는 대가로 새 핸드폰도 얻어 냈다.

> 오빠, 8학년끼리 대판 싸웠다던데 진짜야? 소풍 막판에 왜?
> 혹시 삼각관계 그런 거? 꺄악!

> 이나미 쌤의 설교 열심히 견뎌♡

> 집에 오면 자세히 알려 줘! 기다린다!

대판 싸워? 삼각관계?

아레이 마음속에 새로운 불안이 머리를 쳐들었다.

하루코, 무슨 핑계를 댄 거지? 대체 모두에게 무슨 말을 했
길래? 아…… 아키나에게 뭐라고 설명하냐.

태양의 표식

힘이 쭉 빠진 아이들은 버스를 타고 집 근처까지 같이 가기로 했다. 가는 길에 공원 밖 자판기에서 음료수를 하나씩 뽑아 마셨다. 목이 칼칼했던 것이다.

"아……. 하루코가 문자 보내 달랬는데."

포도 맛 청량음료를 절반쯤 마셨을 때 퍼뜩 떠올린 아레이가 중얼거렸다.

"내가 보낼게. 벌써 학교 도착했겠지?"

오렌지주스로 목을 축이던 히카루가 핸드폰을 꺼내며 말했다.

"한참 전에 도착해서 이미 하교하지 않았을까? 두 시간 가까이 지났어."

아레이가 답했다. 공원 입구 옆 작은 시계탑의 바늘이 벌써

4시를 가리키려 했다.

"으엑······. 뭐 이상한 게 있어!"

Q는 오만상을 지으며 캔 속을 들여다봤다.

"타피오카 아냐? 밀크티잖아."

아레이는 Q를 곁눈질하며 남은 음료수를 목구멍으로 흘려 넣었다.

"타피오카가 뭔데? 찐득찐득해."

잘 알지도 못하면서 왜 타피오카 밀크티를 고르는 걸까, 얘는 대체······.

아레이는 여전히 종잡을 수 없는 Q의 행동에 속으로 갸우뚱했다. 그때.

"선배애!"

찻길 쪽에서 목소리가 들렸다. 공원 앞 정류장에서 기차역 방향으로 가는 버스가 막 출발한 참이었다. 버스가 떠난 인도에서 누가 폭우 내리는 날의 와이퍼처럼 손을 흔들었다.

"헐크다······."

Q가 멍하니 중얼댔다.

"선배! 히카루 선배!"

"하루코!"

히카루가 손을 마주 흔들었다.

"미안! 지금 연락하려고 했는데!"

하루코가 찻길을 건너 곧장 달려왔다. 공원 입구의 짧은 계단을 뛰어올라 히카루에게 날아들려는 하루코를 보며 Q가 소리쳤다.

"우왁! 가까이 오지 마! 붙지 말라고!"

"알거든요!"

하루코는 1미터 앞에 멈춰 서서 입을 삐죽 내밀고 Q를 보았다. 그러더니 별안간 반짝이는 눈빛과 폭풍 같은 말을 잇따라 히카루에게 퍼붓기 시작했다.

"선배, 괜찮은 거죠? 바로 나왔어요? 탈출은 식은 죽 먹기였나요? 빈틈이 나타날 자리를 대충 알고 있었잖아요. 근데 그런 것치고 늦었네요. 뭐 했어요? 통 연락이 없길래 다시 돌아왔어요. 대충 둘러대고……. 걱정했다고요! 다들 괜찮아요? 아레이 선배도 Q 선배도 오케이? 아, 맞다! 이나미 선생님은요?! 선생님 어떻게 됐어요?"

두리번두리번 주위를 둘러본 하루코는 갑자기 "설마!!!" 하며 외쳤다.

"선생님만 빼놓고 왔나요? 그림자계에 두고 왔어요? 아무리 그래도 그건 심하잖아요!"

저 좋은 대로 떠들고 결론짓고 비난의 눈빛을 보내는 하루코를 아레이는 어처구니없이 바라보았다. 하루코의 야단법석에도 오로지 타피오카 밀크티 캔 속만 들여다보던 Q가 입을 열었다.

"놔두고 온 적 없거든? 같이 탈출했어. 깃든이더라고."

Q의 그 한마디는 하루코의 입을 틀어막는 효과가 탁월했다. 여태 나불나불 쏟아 내던 말을 딱 그치고 하루코는 넋 나간 듯이 Q를 보았다. 그러더니.

"뭐라고요!!!"

절규했다.

"거짓말! 어떻게 그런 일이! 마지막 멤버가 이나미 선생님이라니……. 이럴 순 없어……. 싫어요. 절대 싫어요! 무엇보다 나이가 너무 많잖아요! 아저씨잖아요?! 그리고 뭘 할 줄 아는데요? 아무것도 못 하잖아요!"

아레이와 Q, 히카루는 대체 어디서부터 설명해야 할지 막막해 얼굴을 마주 보았다.

먼저 Q가 물꼬를 텄다.

"프로 깃든이래. 집안 대대로 황천귀 같은 걸 물리치는 일을 해 와서 지식이랄까 노하우가 있어."

하루코는 한 번 더 소리쳤다.

"거짓말! 프로 깃든이?! 그럼 그동안 일부러 소심한 척 굴었던 거예요? 우리를 속이려고?"

"그게……."

Q가 도움을 요청하듯이 아레이를 보았다.

하는 수 없이 아레이가 입을 열었다.

"음…… 우리가 아는 이나미 선생님 속에는 또 한 명, 다른 인격이 숨어 있어. 이나미 선생님 본인도 그 제2의 인격은 모른다고 해."

"네? 이중인격인가요? 지킬 박사와 하이드처럼?"

"뭐, 그런 느낌."

아레이는 하루코가 지킬 박사와 하이드를 안다는 사실에 놀라며 끄덕였다.

"그럼 변신하나요? 또 다른 인격은 착한 쪽? 나쁜 쪽?"

설명하는 데 하루 종일 걸리겠네. 무리다…….

아레이는 맥이 풀려 다리가 꺾일 것 같았다.

입을 다문 아레이 옆에서 히카루가 거들어 주었다.

"흠, 변신해도 외모는 안 변해. 하지만 목소리나 말투가 싹 바뀌어 버려. 이나미 선생님 속에 숨은 또 한 명의 인격은 아홉 살 남자아이래."

하루코는 믿을 수 없는지 눈을 동그랗게 뜨고 탐색하듯이 히카루에게 되물었다.

"그러니까 겉은 아저씨, 속은 어린이라는 건가요?"

"맞아."

히카루가 끄덕거리자 하루코는 잔뜩 얼굴을 구겼다.

"엑, 더 기분 나빠."

히카루가 말을 이었다.

"이나미 선생님, 윤년 2월 29일생이라 생일이 돌아오는 건 4년에 한 번뿐이래. 그러니 4년마다 한 살씩 먹는 셈이라나? 그렇게 계산하면 아홉 살이 되는 거지. 그 아홉 살 인격은 프로 깃든이라는 걸 숨기기 위해 평소에는 이나미 선생님 마음속에 숨어 있대. 선생님조차 모르게 말이야. 그러니 이건 비밀이야. 선생님한테도 말하면 안 돼."

"으윽."

하루코는 상한 요리라도 먹었을 때처럼 혀를 내밀며 찌푸린 표정을 지었다.

"진짜예요? 본인도 모르는 또 하나의 인격이라니. 심지어 그게 아홉 살 꼬마라니……. 심지어 우리 동료라니……?"

숨을 돌린 하루코가 말을 뱉었다.

"최악이야."

아이들이 탈 버스는 10분 후 도착이었다.

"버스 정류장에 가 있자."

아레이는 다 마신 음료 캔을 자판기 옆 쓰레기통에 쑤셔 넣으며 말했다.

"헐크, 타피오카 밀크티 줄까?"

음료를 마시다 마시다 지친 듯한 Q가 하루코에게 물었다.

하루코가 무시무시한 눈초리로 Q를 홱 째려봤다.

"헐크 아니거든요. 하루코라고요. 타피오카 밀크티도 싫어요! 그거 Q 선배가 마시다 남은 거잖아요?"

"아레이, 타피오카 밀크티 줄까?"

"됐거든."

아레이도 거절하자 별수 없이 Q는 캔 속에 남은 타피오카 알갱이와 밀크티를 단숨에 들이켜고 씩씩대며 빈 캔을 쓰레기통에 던져 넣었다.

"웩, 이제 다시는 안 먹어! 밀크라더니 우유가 아니잖아."

버스 정류장에서 버스를 기다리는 동안 질문을 쏟아 내는 하루코에게 아레이와 Q, 히카루는 그림자계에서 있었던 일과 이나미에게 들은 이야기를 교대로 들려주었다.

빈틈 바로 옆에서 황천 병사가 가짜 태양의 탑으로 위장해 있었다는 이야기를 듣고 하루코는 부르르 몸서리를 쳤다.

"왜죠? 어째서 빈틈 옆? 그리고 왜 하필이면 태양의 탑? 얼마든지 다른 것으로 변신할 수도 있을 텐데. 무슨 꿍꿍이지?"

아레이도 그걸 생각하고 있었다. 황천 병사는 왜 굳이 오늘따라 빈틈 바로 옆에서 아이들을 기다리고 있었을까?

"알아챈 거지……"

아레이는 생각을 입 밖으로 꺼내 중얼거렸다.

"네?"

하루코가 되묻고, 세 쌍의 눈이 아레이를 향했다.

"분명 황천귀도 빈틈의 패턴을 안 거야. 아니, 어쩌면 우리가 빈틈의 패턴을 알았다는 사실까지 파악했는지도 모르지."

"뭐? 우리가 알았다는 걸 어떻게?"

Q가 고개를 갸우뚱했다. 아레이는 Q에게 끄덕이며 말을 계속했다.

"예전에도 덫을 놓은 적 있잖아. 다 같이 체육관 뒤에서 그림자계로 들어갔을 때는 우리를 학교 건물 안에 가두려고 했지만, 헐크…… 가 아니라 하루코가 현관문을 뜯어내서 위기를 넘길 수 있었어. 그런데 빈틈은 주차장에 있었어. 덫을 놓은 곳과는 거리가 멀었지."

"그러니까 그때 황천귀는 빈틈이 나타나는 곳을 몰랐을 거라는 말이네."

히카루가 어쩐 일로 퍼뜩 이해하고 말했다. 아레이는 조그맣게 되받아 주억이며 말을 이었다.

"하지만 만약 황천귀가 빈틈이 생길 장소를 정확히 예측했다면, 그리고 우리가 거기로 오리라는 걸 알았다면 그 옆에서 가만히 기다리는 게 제일 편하지 않을까? 봐, 깡통 차기랑 똑같아. 술래는 깡통 주변을 지키고 있으면 그만이라고. 다들 깡통을 차러 제 발로 찾아올 테니까. 쫓아다니는 수고를 덜잖아. 이전엔 한 번도 황천귀가 빈틈 옆에서 우리를 기다린 적 없었어."

아레이는 말을 끊고 숨을 돌렸다. 그러고 나서 자기를 쳐다보는 아이들에게 이어지는 생각을 말했다.

"하루코가 말한 것처럼 그림자 괴물이 빈틈 근처에서 우리를 기다린 건 이번이 처음이야. 어째서 갑자기 작전을 바꿨을까? 예상되는 이유는 두 가지. 황천귀가 이제야 빈틈의 패턴을 깨달았든지 아니면 빈틈의 패턴을 안 우리가 곧장 빈틈으로 오겠거니 예측했든지 둘 중 하나겠지. 어느 쪽이 정답인지는 모르지만 한 가지 확실한 건……"

아레이는 한 번 더 깊이 숨을 들이쉬었다. 그리고 마음에 떠오른 우울한 생각을 날숨과 함께 토해 냈다.

"빈틈의 패턴을 알았다고 좋아할 때가 아니었다는 거야. 그림자 괴물들도 우릴 찾아내기 좋은 상황이 되었으니."

아레이의 말에 다들 굳은 얼굴로 눈만 굴리며 시선을 주고받았다.

이윽고 히카루가 아레이에게 물었다.

"그럼 다음 질문, 왜 태양의 탑으로 변신했을까?"

아레이는 그 또한 내내 생각하고 있었다.

"그것도 사실은 빈틈의 패턴과 연관이 있다고 생각해."

히카루가 고개를 갸웃했다. 아레이는 히카루에게서 Q에게로 시선을 옮기며 말했다.

"빈틈 출현 지점을 이으면 일직선이 된다고 했지?"

"응. 그 직선과 그림자계 변두리의 접점에 빈틈이 나타나."

Q가 그렇게 말하자 아레이는 끄덕이며 이어 갔다.

"이것 말고 또 하나, 빈틈 출현 장소에는 우리가 깨닫지 못한 패턴이 있지 않았나 해."

"어떤?" 하고 Q가 묻자 아레이는 대꾸했다.

"표식이 있지 않았을까……. 태양의 표식이……."

"태양 그림 같은 걸까요?"

어리둥절하여 하루코가 물었다.

아레이는 끄덕이며 설명했다.

"지도에서 빈틈의 패턴을 찾긴 쉽지만 그림자계에서는 방향과 길을 제대로 찾아가기 어렵잖아? 이번에도 방향은 대충 잡았지만 결국 헤맸어. 우리가 태양의 표식을 못 봐서 그런 게 아닐까? 항상 빈틈 출현 장소에 표식이 있었는데, 알아채지 못한 거지."

"그럼 그동안 태양의 표식이 뭐였는데?"

Q가 의아한지 아레이에게 질문을 던졌다.

"이번에 빈틈이 나타난 그늘막은 해님터에 있었지? 그 전 빈틈은 굿모닝빌 3층. 외벽에 태양이 그려져 있었고."

"하지만 학교 주차장은? 거긴 태양이랑 상관없잖아?"

히카루의 말에 아레이는 고개를 가로저었다.

"아니, 거기에도 태양의 표식이 있었어. 빈틈 속의 빈틈을

찾아서 우리가 올라탔던 은색 세단. 그 승용차 이름, '코로나'
야. 코로나란 태양 바깥쪽의 가스층을 뜻해. 일식으로 태양이
달에 가려졌을 때 가장자리에 비어져 보이는 부분 말이야."

"교실은?"

이번에는 Q가 물었다. 처음에 아레이와 Q가 단둘이 그림자
계를 탈출했을 때 빈틈이었던 동쪽 본관 1층 교실에 관해 묻는
것이었다.

"거기 마룻바닥에는 6차 마방진이 그려져 있었지. 가로세
로 여섯 칸씩 있는 마방진."

끄덕이는 Q에게 아레이는 말했다.

"예로부터 일곱 마방진은 일곱 천체와 연결 지어졌어. 가로
세로가 세 칸씩인 3차 마방진부터 4, 5, 6, 7, 8, 9차 마방진까지
일곱 마방진을 일곱 천체와 각각 대응시켰지. 3차 마방진은 토
성, 4차 마방진은 목성, 5차는 화성, 6차 마방진은……"

"태양이구나……"

아레이보다 먼저 Q가 답을 입에 올렸다.

"태양의 마방진이었으니 그 교실에도 태양의 표식이 있었
던 셈이네."

아레이는 크게 끄덕이며 질문에 관한 설명으로 돌아갔다.

"그래서 오늘 그림자 괴물이 하필 태양의 탑으로 변신한
게 아닐까 해. 우리는 태양의 표식에 대해 몰랐지만, 황천 병사

는…… 아니, 녀석들을 조종하는 황천귀는 태양의 표식에 대해 알고 속임수를 준비한 거야. 해님터보다 더 눈에 띄는 태양의 표식으로 우리 시선을 끌려고 했어. 그게 그 태양의 탑이었던 거야."

"확실히 그 탑은 눈에 띄지……?"

Q가 진지하게 말했다.

"태양의 표식이라는 걸 몰랐어도 그 탑으로 이끌려 갈 정도였으니까."

버스는 아직 오지 않았다. 어딘가에서 길이 막히는지도 모르겠다.

아이들은 넷이 어렵사리 현실 세계로 돌아오기까지의 이야기를 하루코에게 계속해서 들려줬다. 이야기가 끝나 갈 무렵, 덧붙이듯이 Q가 말했다.

"그래서 말야, 이나미가 네 가방을 불태웠어. 황천귀가 나오면 안 되니까."

웬만하면 피해 가려고 했던 이야기를 Q가 이토록 쉽게 하루코에게 이실직고하는 걸 아레이는 한숨을 쉬면서 듣고 있었다.

"아, 쌀알도 뿌리고 주문도 외우면서! 엄청나지?"

Q는 조잘거리느라 몰랐지만, 하루코 얼굴에 험악한 표정이 떠올랐다. 하루코는 곱슬곱슬한 머리카락을 휘날리며 고개를

배슷이 기울이고 싸늘한 눈초리로 "뭐요?" 하고 말했다.

"이나미 선생님이 제 가방을 태웠다고 했나요? 어떤 가방이죠?"

"네가 전에 그림자계에 떨어트린 거."

Q의 태연한 말투에 하루코의 표정이 한층 더 사나워졌다.

"그러니까, 엄마가 만들어 준 이니셜 새겨진 가방 말하는 거 맞죠? 그걸 태웠다, 이 말이죠? 이나미 선생님이, 제 허락도 없이?"

"그래! 캠프파이어 자리에서! 불붙여서!"

Q는 신난다는 듯이 끄덕였다.

"선생님이 왜 그랬을까요?"

고개를 갸우뚱대며 매서운 눈으로 물끄러미 허공을 쳐다보는 하루코는 무시무시했다. 아레이가 할 말을 잊고 꼴까닥 침을 삼켰을 때, 히카루가 달래듯이 입을 열었다.

"하루코, 어쩔 수 없어. 그것도 황천귀의 함정이었거든. 내가 가져오는 게 아니었는데. 실수였어. 정말 미안해."

하루코는 허공을 향하던 눈을 천천히 히카루에게 돌려 그 말을 묵묵히 듣고 있었다. 그리고 히카루가 입을 닫자 후 숨을 뱉고는 살짝 미소 지었다.

"그런 말 마요, 선배. 선배가 무사히 돌아와 줘서 얼마나 기쁜지 몰라요. 하지만……"

하루코는 웃으면서 한 마디 한 마디 잘근잘근 곱씹듯이 말했다.

"그 녀석들은 절대 용서 못 해요."

그 녀석들 안에는 황천귀뿐만 아니라 이나미도 포함되어 있지 않을까? 그렇게 의심하면서 아레이는 서늘하게 웃는 하루코를 바라보고 있었다.

하지만 뭐, Q가 가방 사건을 간단히 말해 준 덕분에 아레이는 이나미의 말을 어렵지 않게 하루코에게 전할 수 있었다. 황천귀가 현실 세계에서 불길한 징조를 일으킬지도 모르니 주의하라는 말을.

"네? 가방을 태웠는데도요? 주의하라니, 어떻게요?!"

하루코가 당황할 만도 했다. 아레이도 지금 상황을 생각하면 머릿속이 깜깜해졌으니까.

내가 뭘 할 수 있을까? 천신은 내게 대체 어떤 일을 시키려는 걸까?

조금도 알지 못하는데 바로 코앞에 위기가 닥쳐온다고 생각하자 겁이 났다.

"어! 버스다!"

Q가 앞쪽을 가리키며 말했다. 죽 늘어선 버스 창문이 햇빛을 받아 반짝반짝 빛나고 있었다.

"저기……?"

히카루가 고개를 떨군 채 무슨 말을 하려다 말고 입을 다물었다. 또 가시 돋친 말이 날아올까 아레이는 긴장했다.

"뭐, 뭔데……?"

아레이를 힐끗 보고 히카루는 곧장 정류장 표지판으로 시선을 돌렸다.

"말은 해야 할 것 같아서……. 그림자계로 찾으러 와 줘서 고맙다고."

아레이는 갑작스러운 표현에 아무 대꾸도 하지 못하고 꼴깍 숨을 삼켰다.

"됐어, 됐어. 우린 동료잖아. 천신이 선발한 한 팀이니까!"

Q가 해맑게 웃었다.

"저는 같이 못 갔는데……?"

하루코가 면목 없다는 듯이 어깨를 움츠리자 히카루는 격하게 고개를 내저었다.

"아니야. 하루코도 남아서 많은 일을 했잖아. 다 같이 사라져 버리면 난리가 날 테니까. 하루코에게도 고마워."

"별말씀을요! 이 정도는 누워서 떡 먹기예요."

"그래서 대체 뭐라고 둘러댄 거야? 다른 아이들이나 선생님들한테?"

Q가 하루코에게 물었다.

하루코는 기세등등하게 대꾸했다.

"8학년끼리 싸움이 났다고요. 이나미 선생님이 잘 타일러서 머리 좀 식히고 서로 화해시킨 다음 돌려보내겠다고, 먼저 출발하라고 전해 달라고 했다고 말했어요. 다들 철석같이 믿던데요."

Q가 어안이 벙벙한 듯 아레이와 히카루를 바라본 뒤 하루코에게 물었다.

"근데 우리 왜 싸운 건데?"

하루코가 입을 샐쭉거렸다.

"그런 건 알아서 생각하세요. 거기까지 제가 봐 드려야 하나요? 어쨌든 일이 커지지 않게 했으니 임무 완수 맞죠?"

당당한 하루코 옆에서 아레이는 아키나에게 받은 문자 메시지를 떠올리고 가슴이 무거워졌다. 그렇다. 황천귀와의 결전에 앞서, 먼저 아키나와의 결전이 기다리고 있었다.

뭐라고 해서 넘겨야 하나?

버스가 앞에 멈추었다. 아이들은 서로 닿지 않도록 간격을 벌리며 올라탔다.

Q가 마지막으로 버스에 오른 아레이를 돌아보며 소곤소곤 말했다.

"야, 타피오카 밀크티 때문에 싸웠다고 하면 어떨까? 네가 맛있다고 해서 내가 사 마셨더니 맛없어서 한 방 날렸고, 히카루가 그걸 말리려고 하다가……"

아레이가 줄줄 이어질 듯한 Q의 시나리오를 자르려고 할 때 버스가 움직이기 시작했다.

흔들리는 버스 안에서 한 번 더 아레이는 크나큰 한숨을 내쉬었다.

메시지

아레이는 결국 아키나의 심문에 묵비권을 행사했다. 아예 말을 꺼내지 않은 건 아니다. "시끄러.", "어쩌라고.", "몰라."라는 세 가지 패턴으로 아키나의 추궁을 피했다.

"엄마! 오빠 숨기는 거 있어! 현장체험학습에서 친구랑 싸우고 선생님한테 혼났으면서 왜 싸웠는지 안 알려 줘!"

아레이에게서 정보를 끌어낼 수 없다는 걸 깨달은 아키나는 볼멘 표정으로 엄마에게 지원을 요청했지만 독서에 푹 빠진 엄마는 아레이가 싸운 이유에는 별반 관심이 없어 보였다.

"어머, 그랬니? 아레이가 싸움을 다 하고. 해가 서쪽에서 뜨겠네. 화해는 했지?"

책에 시선을 고정한 채 묻는 엄마에게 아레이는 "뭐, 그냥"

하고 웅얼거리며 대꾸했다.

"됐네, 그럼. 금세 화해할 정도면 큰일도 아니었겠지."

이야기를 매듭지으려는 엄마에게 아키나가 말꼬리를 물고 늘어졌다.

"큰일 아니긴. 음악부 하루코 선배가 대판 싸웠다고 했단 말이야. 담임 선생님이 말려도 소용없었대! 그래서 8학년만 공원에 남기고 먼저 돌아왔다고. 그럼 큰 싸움이었다는 거잖아? 응? 엄마, 듣고 있어?"

엄마는 언제나 공평했다. 그게 아레이든 아키나든 자기를 방해하는 사람은 결단코 봐주지 않는다. 넌더리가 난 듯 책에서 눈을 든 엄마가 아키나에게 말했다.

"아키나, 너 이렇게 한가하게 있어도 되니? 숙제 많다면서? 피아노 연습은? 어제도 연습 안 했잖아. 발표회 끝났다고 놀면 쓰니? 네가 예전 동네 선생님께 계속 레슨받고 싶다고 해서 일부러 매주 그쪽까지 태워 주는 거야. 게으름 피울 거면 엄마 이제 모른다!"

엄마는 어떻게 아키나를 쫓아낼 수 있는지를 잘 알았다.

"그치만…… 오빠가……"

아직 꿍얼꿍얼 말하는 딸에게 냉정한 눈길을 보내며 엄마가 한숨을 쉬었다.

"왜 네가 오빠 일을 미주알고주알 캐야 하니. 그럴 시간에

얼른 숙제 마무리해. 숙제 다 못 끝내면 내일 쇼핑몰 안 데려갈
줄 알아. 알았어?"

"네에."

아키나는 풀 죽은 목소리로 대답했다. 그리고 원수라도 보
는 듯한 눈으로 아레이를 흘긴 뒤 팩 고개를 돌리고는 드디어
제 방으로 들어갔다.

아레이는 한 고비 넘기고 후유 한숨을 내쉬었다.

엄마가 책 뒤에서 물끄러미 아레이를 바라보고 있었다. 기
분 탓인지 엄마의 입꼬리가 올라간 듯 보였다.

"요즘 좀 달라졌네? 전에는 친구들한테 아예 관심도 없더
니 싸움을 다 하고……"

어쩐지 재미있다는 듯 이야기한 엄마는 다시 독서에 몰두하
기 시작했다.

다음 날인 토요일, 아레이는 웬일로 늦잠을 잤다. 11시가 되
어서야 겨우 침대에서 빠져나왔다. 꽤 지쳤던 모양이다.

엄마가 아키나와 "아웃렛에서 쇼핑하고 올게."라고 말하는
걸 듣고 또 잠들었다. 요상한 꿈도 몇 개나 꾼 것 같았는데 기억
이 나지 않는다.

오늘도 화창했다. 창문을 열자 습한 바람이 방으로 불어와
벽에 걸린 달력을 펄럭였다. 그러고 보니 아빠는 골프를 치러

간다고 했다.

다들 나갔나…….

아레이는 크게 기지개를 켰다. 식탁 위에는 엄마가 남긴 메모와 돈이 놓여 있었다.

점심값 두고 갈게.

오늘 저녁은 다 같이 회전 초밥 먹으러 갈 예정.

집합은 6시.

그때까지 너도 집에 와 있으렴.

아레이에게, 엄마가

아레이는 전용 사기그릇에 시리얼을 부어 먹으며 자유로운 휴일에 무얼 하면 좋을지 생각했다. 시리얼 건더기를 모조리 떠먹고 나서 마시는 우유가 아레이는 좋았다. 시리얼 향과 설탕의 단맛이 녹아들어 맛있었다.

문득 타피오카 밀크티를 마시던 Q가 떠올라 웃음이 나왔다.

하여간 Q는 진짜 특이하다니까…….

그 순간, 어제 엄마가 '요즘 좀 달라졌네?'라고 했던 말이 머릿속에 동시에 재생됐다.

그런가? 내가 달라졌나? 잘 몰랐는데…….

황천귀가 조금씩 변화하듯이 아레이도 변화하고 있는 걸

까? 하지만 잘 체감되지 않았다. 잴 때마다 키도 부쩍 자라 있었지만, 자라는 느낌은 전혀 없다. 어느 날 갑자기 지금껏 닿지 않던 책꽂이 꼭대기 칸에 손이 닿는다는 것으로 깨달을 뿐이었다. 자기 자신의 변화는 보이지 않는다. 주변의 변화는 이렇게 똑똑히 보이는데.

아레이는 사기그릇을 씻어 건조대 위에 엎었다. 그리고 마음을 정했다. 달리기로. 집을 출발점 삼아 반시계 방향으로 미래신도시를 한 바퀴 달려, 돌아오는 길에 근처 편의점에서 점심거리를 살 계획이다.

미래신도시 전체를 한 바퀴 도는 건 아레이에게 첫 도전이었다. 쉬는 날에도 종종 달리기를 했지만, 이렇게 길게 달린 적은 아직 없다.

다 달리면 거리가 얼마나 될까? 완주할 수 있을까? 어디까지 갈 수 있을까?

조금 두근거렸다.

운동복 바지 위에 얇은 후드 티셔츠를 입고 초여름 바람과 햇살 속으로 발을 내밀었다. 주머니 속에는 점심값과 핸드폰뿐. 몸이 가볍다.

탓, 탓, 탓, 탓, 탓, 탓!

바람에 한들거리며 모자이크처럼 그림자를 드리우는 가로수 아래를 아레이는 달리기 시작했다.

서에서 남으로 내달려 호수 옆을 지났을 때, 앞쪽 삼거리에 누군가가 우두커니 서 있는 게 보였다. 피코였다.

쟤, 뭐 하는 거야?

피코 집이 이 근처라는 게 기억났다. 아레이가 삼거리로 접어드는데, 피코가 아레이의 앞길을 막아서듯 길 한중간으로 튀어나왔다. 순조롭게 달려온 페이스가 흐트러진 데 욱하면서 아레이는 마지못해 피코 2미터 앞에서 발을 멈췄다.

"뭔데?"

아레이의 물음에 피코의 목소리가 겹쳤다.

"봐 버렸어! 또 봤다고. 큰일이야!"

심장이 덜컥 내려앉았다. 쿵, 쿵, 쿵 박자가 빨라졌다.

"뭘? 뭘 봤는데?"

아레이가 다급하게 물었다.

"아파트……. 커다란 아파트 앞에 있는 나무가 새까맸어."

여전히 피코가 무슨 말을 하는지 알 수 없어 아레이는 조바심이 났다.

"아파트라니, 어디? 다른 단서는? 아파트는 아주 많아."

"이따만큼 큰 거."

피코는 양손을 한껏 펼쳐 보였다.

"고급 아파트. 엄마가 그랬어. 고급이라고."

"그럼 실제로 그 아파트를 봤다는 거지? 엄마랑 같이?"

아레이가 피코의 말을 물고 늘어졌다.

"으응." 하고 끄덕인 뒤 피코는 얼굴을 구기며 물었다.

"근데 고급이 뭐야?"

"품질이 좋고 비싸다는 뜻이야."

아레이는 답답한 심정으로 피코에게 설명했다.

"그래서? 그 고급 아파트는 어디 있어? 나무가 까맸다는 건 무슨 소리고?"

피코는 아직 한 번에 두 가지 질문을 처리할 능력이 없는 것 같았다.

"어딘지 몰라. 아빠 차에 타서 본 게 다란 말이야. 온천랜드 갔다 올 때……"

일단 피코는 아레이의 첫 질문에 답했다.

온천랜드. 아레이는 기억 속 지도에서 그 위치를 잽싸게 파악했다. 미래신도시 북서쪽, 아레이 집에서 차로 15분쯤 걸리는 곳이었다.

거기에서 피코의 집까지 돌아오는 길에 있는 아파트. 범위를 좁히기 힘들었다.

"태양의 표식은? 지난번 굿모닝빌처럼 아파트에 태양 그림 같은 건 없었어?"

아레이의 질문에 피코는 도리질을 쳤다가 갑자기 무언가 떠오른 듯 퍼뜩 눈을 치떴다.

"이름이 이상했는데……. 엄마가 그랬는데, 영어로 운동장 같은 이름이랬어."

"이름이?"

아레이는 혼란스러웠다.

그런 이상한 이름의 고급 아파트가 있나?

피코는 눈알을 뒤룩뒤룩 굴리면서 필사적으로 그 이름을 떠올리려 했다.

"으음, 그라…… 그라운……."

피코 입에서 새어 나온 말 토막이 아레이 머릿속에서 불꽃을 튀겼다.

"그라운드로열! 맞지? 아파트 이름."

"맞아!"

피코가 기쁜 듯이 끄덕였다.

얼마 전 길을 가다 현수막을 본 적 있다. '그라운드로열 아파트 7월 준공. 모델 하우스 공개 중!'이라고 쓰여 있었다.

그라운드로열은 아직 미완성 아파트다. 쑥쑥 올라간 철근 골조가 점차 거대한 건축물로 탈바꿈해 가는 모습을 아레이도 오다가다 보았다.

피코가 본 장소는 밝혀졌지만 그게 무슨 의미인지는 아직 몰랐다. 아레이는 다시 한번 아까 했던 질문을 되풀이했다.

"아파트 앞의 나무가 새까맸단 거지? 어떤 식이었어? 어째서 나무가 새까매졌는지 알겠어?"

피코는 빤히 아레이의 눈을 쳐다보았다.

"저쪽에서 이쪽으로 나온 게 그 나무에 모인 거야."

오싹, 등에 오한이 들었다.

아레이는 피코의 말을 나지막하게 따라 했다.

"저쪽에서 이쪽으로 나온 게 모였다고……?"

피코가 끄덕였다.

"얼른 해치워야 해. 온 마을에 나쁜 일을 벌여 놓기 전에. 해
가 저물기 전에……."

"해가 저물기 전……."

아레이는 흘끗 하늘을 올려다봤다. 머리 바로 위에 해가 있
었다. 온갖 질문과 의문이 마음속에 회오리쳤다.

해치우라니 어떻게? 어떤 게 나왔다는 거지? 나쁜 일이라면
뭐지?

그러나 어떤 질문에도 피코가 답해 주지 못하리라는 걸 아
레이는 알았다.

그때 느닷없이 주머니 속에서 핸드폰 진동이 울렸다. 자로
잰 듯한 타이밍에 아레이는 철렁했다.

화면에 떠 있는 건 '오카쿠라 히카루'라는 이름이었다.

"여보세요……."

히카루의 목소리가 들렸다.

"아레이 번호 맞나요?"

긴장한 기색으로 고지식하게 물어 오는 히카루에게 아레이는 끄덕였다.

"맞아. 왜?"

잠깐 뜸을 들이더니 히카루가 말하기 시작했다.

"저기…… 또 그 멜로디가 들리는데, 저번과 똑같아. 왠지 재촉하는 것 같아. 혹시 또 무슨 일이 일어나는 걸까?"

"피코도 봤어."

아레이가 히카루에게 답했다.

"뭐?"

히카루가 놀란 듯 연달아 말했다.

"피코도? 뭘 봤는데? 근데 그걸 네가 어떻게 알아?"

다행히 아레이는 피코와 달리 한꺼번에 여러 개의 질문을 처리할 수 있었다.

"달리기하다가 피코를 만났어. 지금 같이 있고. 그라운드로열 아파트 앞 나무가 새까매진 장면을 봤대. 한창 짓고 있는 고층 아파트 말이야."

"나무가 새까맣다니 무슨 소리야?"

히카루의 목소리는 굳어 있었다.

"몰라. 하지만 아무래도……"

아레이는 힐끔 피코를 보면서 마음을 굳히고 말했다.

"불길한 징조랑 상관있는 것 같아."

"어? 무슨 말이야? 그러니까 그때 달아난 황천귀가 있었다는 뜻?"

"아직 확실한 건 몰라."

아레이는 피코가 한 말을 자세히 설명한 후 덧붙였다.

"천신이 피코와 너에게 메시지를 보낸 것 같아. 해가 저물기 전에 놈들을 어떻게든 하라고."

"어떻게든 하라니, 무슨 수로?"

히카루와 이야기하며 아레이는 판단이 섰다. 그래서 그 질문에 주저 없이 답할 수 있었다.

"이나미한테 전화하자. 무슨 일 있으면 알리라고 했잖아."

"하지만……"

핸드폰 너머에서 히카루가 망설이는 듯했다.

"그 아홉 살 아이가 아닌, 이나미 선생님일 텐데? 선생님은 아무것도 모르잖아."

"부르면 나오겠지. 항상 속에서 지켜보고 있댔으니까. 일단 이나미한테 전화할게. 그러고 나서 또 연락할게."

아레이 말에 히카루는 잠시 입을 다물었지만 이내 "알았어." 하는 목소리가 들렸다.

"그럼, 연락 기다릴게."

히카루에게 "응." 하고 답하고 통화를 종료하자마자 아레이는 이나미 선생님의 번호를 눌렀다.

토요일이라 이나미 선생님이 전화를 받지 않는 게 아닐까 불안했지만 네 번째 연결음이 끝나고 불쑥 귓가에 익숙한 목소리가 울렸다.

"네, 이나미입니다."

"아……."

자기가 걸어 놓고 아레이는 전화를 받은 이나미 선생님에게 무슨 말을 해야 할지 몰라 머릿속이 하얘졌다.

"여보세요? 8학년 아레이인데요."

"아레이?"

뜻밖이라는 듯 이나미 선생님이 답했다.

"어쩐 일이니? 무슨 일 있어?"

아레이는 횡설수설했다.

"그…… 말씀드릴 게 좀 있어서요……."

뒷말이 나오지 않는다.

뭐라고 해야 하지? '아홉 살 이나미 좀 바꿔 주세요.'라고?

"뭐니? 할 말이?"

의아하다는 듯 이나미 선생님이 물었다. 무턱대고 선생님 전화번호를 누른 자신이 원망스러웠다.

"그러니까…… 그게…… 그 어제 말한 징조 때문에……."

침묵. 참을 수 없는 침묵.

'죄송합니다. 잘못 걸었어요.'라고 말하고 전화를 끊을까 생각한 그때였다.

"뭔데에? 그 징조에 관해 말하고 싶은 게?"

별안간 핸드폰 너머의 목소리가 변했다.

"……."

아레이가 말을 잇지 못하고 있자 상대방은 다그치듯이 또 질문했다.

"주말에 굳이 전화까지 했다는 건 뭔가 있는 거지? 무슨 일인데에?"

"아홉 살 이나미야?"

아레이는 주뼛주뼛 물어보았다.

"어, 맞아. 그러니까 얼른 용건을 말해애. 무슨 일인데? 뭘 봤는데?"

짜증 섞인 대답이었다. 평소의 이나미 선생님 목소리는 아니다. 어린아이였다.

아레이는 그제야 크게 한 번 숨을 쉬고, 빠르게 그간의 일을 설명했다.

"피코랑 히카루가 천신의 메시지를 받았어. 그라운드로열 아파트에 황천귀가 모였대. 놈들이 무슨 짓을 하기 전에 어떻게든 해야 한대."

이나미가 침묵 끝에 신중한 어조로 말했다.

"히카루한테 그쪽으로 오라고 해애. 아레이도 와. 나도 곧장 갈게."

"다른 아이들은? Q랑 하루코 그리고 피코……."

아레이의 말에 이나미가 답했다.

"피코는 어리니까 그냥 집에 있는 편이 낫겠어. 나머지 둘은……. 그래, 두 사람한테도 연락하자. 동료는 많을수록 좋으니까아."

불길한 징조

피코를 집으로 돌려보내고 아레이는 우선 Q에게 연락했다. 그러나 신호가 몇 번이나 가도 Q는 전화를 받지 않았다. 다음으로 히카루에게 전화를 걸었다. 히카루는 바로 전화를 받고 "알겠어."라고 응했다.

"지금 학교니까, 여기서 바로 하루코랑 같이 갈게."

"하루코도 같이 있어?"

아레이는 마음에 걸리는 게 하나 있었다.

"응. 음악부 파트 연습하느라. 방금 막 끝났어."

"이나미도 온대. 혹시 모르니까 하루코한테 말해 두는 게 낫지 않을까? 그러니까…… 이나미를 만나도 화내거나 손대지 말라고……"

"아……."

히카루도 이해한 모양이다. 자기 가방을 태워 버린 이나미를 하루코는 아직 원망하고 있을 거였다. 예전에 히카루가 하루코에 대해 끈질긴 성격이라고 말했던 걸 아레이는 기억했다.

"응, 말해 둘게. 묵사발 금지라고."

이 말을 끝으로 히카루는 전화를 끊었다.

다시 한번 Q에게 연락했지만 역시 응답이 없었다. 아레이는 포기하고 그라운드로열을 향해 달리기 시작했다. 피코와 맞닥트린 삼거리에서 그라운드로열까지는 제법 거리가 있다. 학교에서 출발하는 히카루와 하루코가 아레이보다 먼저 도착할 것이었다.

조금 돌아가지만 자전거를 가져가는 편이 빠를지도 모른다. 아레이는 집에 들러서 자전거에 몸을 싣고 다시 내달렸다.

그라운드로열을 향해 페달을 밟는데 외곽 도로에서 이쪽으로 내려오는 자전거 한 대가 보였다.

엇? 쟤는…….

기분 좋은 표정으로 자전거를 타고 오는 사람은 다름 아닌 Q였다.

"엥, 아레이! 어디 가?"

Q도 알아보고 손을 흔들었다. 아레이는 Q의 자전거와 스쳐 지나가는 찰나 브레이크를 잡고 멈췄다.

"피코가 무언가 봤어."

아레이가 뒤돌아보며 Q에게 말했다.

"그라운드로열 앞 나무에 도망친 황천귀가 모인 것 같아."

Q도 브레이크를 잡고 아레이를 돌이켜 보았다.

"어? 그라운드로열? 도망친 황천귀?"

Q는 갑작스레 아레이에게 받은 정보를 처리하려고 안간힘을 쓰는 듯했다.

"그라운드로열이 뭐더라?"

Q의 질문에 아레이는 설명했다.

"한창 짓고 있는 아파트. 그 왜, 마을이 잘 내려다보이는 곳에서 공사 중이잖아."

"그래서 너 지금 그라운드로열로 가는 중?"

아레이는 Q의 질문에 끄덕였다.

"이나미한테도 연락했어. 바로 온대. 히카루랑 하루코도 오고. 너는 왜 전화를 안 받냐?"

"아, 핸드폰을 뒷주머니에 넣어 놔서 전화 온 줄 몰랐나 봐. 어쨌든 나도 갈래!"

Q는 어째 신이 나 보이는 얼굴로 자전거 방향을 돌렸다.

"어디 가는 길이었는데?"

아레이는 Q를 바라보면서 물었다. Q는 펑퍼짐한 청바지에 헐렁한 티셔츠를 입고 등에는 큰 배낭을 짊어진 모습이었다.

"세탁소에 겨울 코트 맡기러 가는 참이었어. 6월은 코트 세탁 반값이거든."

"안 가도 돼?"

"괜찮아, 괜찮아! 지금 세탁소가 문제냐. 황천귀 박멸이 먼저지! 얼른 가자."

그렇게 말하더니 Q는 아레이보다 앞장서서 자전거를 몰기 시작했다.

두 사람의 자전거는 이윽고 미래신도시 북서쪽 끝으로 접어들었다. 눈앞에 그라운드로열로 이어지는 긴 오르막길이 뻗어 있었다.

이 오르막 끝에 대체 무엇이 기다리고 있을까?

시선을 든 아레이에게 Q가 명랑하게 말을 걸었다.

"아레이, 시합하자!"

답답하게 응어리진 생각을 떨치고 아레이는 불어오는 바람을 깊이 들이마셨다.

"가자!"

아레이의 외침에 두 사람은 기운차게 페달을 밟으며 나아갔다. 오르막길을 자전거 두 대가 달려 올라간다. 앞에는 울창한 나무숲과 그 너머에 솟은 거대한 아파트가 한낮의 햇빛을 받아 빛나고 있었다.

그라운드로열은 이제 거의 완공된 듯 보였다. 다만 아파트 단지 곳곳에서 마무리 공사가 진행 중인 듯, 땅이 파헤쳐져 드러나 있었다. 도로 앞에는 나무가 우거진 녹지가 남아 있었다.

Q와 아레이의 자전거는 앞서거니 뒤서거니 겨루면서 녹지를 지나 마지막 급경사를 올랐다. 사람 그림자가 둘 보였다. 히카루와 하루코였다.

아레이가 약간 먼저 도착했다. 한발 늦은 Q가 아레이 옆에 자전거를 세우며 쫑알거렸다.

"치, 이 짐 때문이야……."

커다란 배낭을 둘러멘 Q를 보고도 히카루와 하루코는 딱히 궁금증이 생기지 않는가 보다. 배낭에 관해서는 아무것도 묻지 않고 하루코가 봇물 터지듯 떠들기 시작했다.

"설명회 날인데, 취소했대요. 모였던 사람들은 다 돌아가 버렸어요. 원래는 1시, 3시 그리고 그 후에 두 번 더 할 예정이었는데 오전 10시 설명회 때 여러모로 사고가 있었나 봐요."

아직 어깻숨을 내쉬는 아레이와 Q에게 히카루가 보충 설명을 해 주었다.

"공사도 중지. 전기 쪽에 문제가 있다는데, 오전 설명회 때 승강기가 멈춰서 사람이 잠시 갇혔었대. 비상용 전원도 안 켜져서 오늘은 설명회도 공사 작업도 어렵겠다고 직원들이 이야기하는 걸 들었어."

그러고 보니 아파트 주변에 인기척이 없다. 토요일이라지만 7월 준공을 향해 마무리 공사에 열을 올려야 할 텐데 건물 주위는 깔다 만 타일이나 덜 쌓은 정원석이 방치된 채로 조용했다. 설명회 접수를 위해 마련된 듯한 그늘막도 텅 비었다. 입간판에는 '설명회 개최 중'이라는 문구 위에 '설명회 중지 안내' 라고 쓰인 종이가 덧붙어 있었다.

"피코가 봤다던 새까만 나무가 뭘까?"

아레이 옆에서 히카루가 주위를 둘러보며 말했다. 아레이도 방금 지나온 나무숲이나 아파트 단지에 심긴 나무들을 눈으로 훑었다.

그때 마침 파란색 스쿠터 한 대가 달달거리며 오르막길을 올라왔다.

"이나미다!"

Q가 외쳤다.

"늦어서 미아안"

헬멧을 쓴 이나미가 자전거 옆에 스쿠터를 세우면서 어린이 목소리로 말했다.

"으엣! 뭐예요? 목소리가? 네? 왜죠?"

하루코가 놀란 듯 말하며 뒷걸음질했다.

그러나 이나미는 그런 하루코에게 힐끗 시선을 주고는 시큰 둥하게 말했다.

"아, 다들 모였네에."

그러더니 이나미는 헬멧을 벗고 그늘막 앞의 입간판을 눈여겨보았다.

"어? 오늘 설명회 있는 날이었구나."

"오전에 전기 쪽에 문제가 생겨서 승강기 안에 사람이 갇혔대. 공사도 중지라는데."

아레이가 설명했다.

"흐음……."

이나미는 어쩐지 의미심장한 눈으로 텅 빈 그늘막을 보며 중얼대듯 말했다.

"전기 쪽 문제? 정말 그뿐일까아? 보통 바로 기술자를 불러 수리하지 않나? 설명회를 연다고 주말 출근에, 준비도 엄청 많이 했을 텐데 이렇게 다 내팽개치고 자리를 뜬다고?"

"무슨 말이 하고 싶은데?"

캐묻는 아레이를 이나미가 입가에 옅은 미소를 머금고 바라봤다.

"분명, 설명하기 힘든 기묘한 일이 벌어진 거야. 여러모로, 많이. 그걸 전기 문제라고 둘러댄 게 아니겠냐는 거지이."

"그게…… 무슨 소리?"

아레이가 또 질문을 던졌다.

"징조의 시작. 불길한 징조가 시작되면 처음에는 괴이하지만 사소한 현상이 줄지어 일어나거든. 그 후로 조금씩 큰 현상으로 이어져 가는 거야. 황천귀가 일으키는 일이지이.”

“그렇다는 건…….”

자그마한 목소리로 중얼거린 사람은 하루코였다. 이나미는 하루코의 얼굴을 쳐다보고 씩 웃으면서 끄덕였다.

“맞아. 놈들이 있는 거야. 지금, 이 근처에.”

그 한마디로 어쩐지 주변 풍경에 불길한 그림자가 드리우는 느낌이 들었다.

헤집은 땅바닥 어딘가에서, 인적 없는 건물 구석에서, 나무들이 떨어트리는 그림자 속에서 무언가가 꿈틀대는 것 같아 등이 오싹오싹했다.

이나미는 천천히 스쿠터 곁에서 떨어져 빙그르르 아파트 주위를 둘러보았다.

“자아, 황천귀를 찾아보자아! 피코가 뭐라고 했다고?”

아레이가 주변을 눈으로 훑으면서 대답했다.

“아파트 앞 나무가 새까맸대. 그 나무에 놈들이 모여 있다고 그랬어.”

“아파트 앞 나무라면…….”

이나미가 건물 앞쪽 가로수를 한 그루씩 눈으로 좇았다.

“다 해서 여섯 그루. 어느 것도 까맣게는 안 보이는데…….”

그렇게 말한 뒤 이나미는 히카루의 손에 들린 검은색 플루트 케이스를 보았다.

"오. 딱 좋아!"

이나미는 무슨 생각인지 혼자 끄덕거리며 히죽였다.

"플루트로 천음을 연주해 주라. 원래 천음은 소리 나는 기구로 연주하는 거니까아. 노래로 부르는 것보다 훨씬 낫지."

모두의 시선이 쏠렸다. 하지만 히카루는 딱 잘라 말했다.

"못 해. 아까는 들렸는데 이제는 그 멜로디가 안 들려."

"첫 소절만이라도 좋아."

이나미가 매달렸다.

"천음이 조금이라도 흘러나오면 분명 황천귀는 당황해서 움직이기 시작할 거야. 기억나는 부분까지만이라도 좋으니까, 연주해 줘. 그놈들을 끌어내자아."

그 말에 결국 히카루는 케이스를 스쿠터 위에 펼치고 못마땅한 얼굴로 플루트를 조립하기 시작했다.

"다들 알지이?"

히카루 옆에서 이나미가 모두를 돌아보며 말했다.

"무슨 일이 있어도 서로 붙지 마. 이미 그림자계가 여기까지 넓어졌을 거야. 여기서 깃든이끼리 접촉하면 곧바로 그림자계행이다아!"

아레이와 Q, 하루코 그리고 플루트 조립을 마친 히카루는 체조를 시작할 때처럼 서로 거리를 벌리며 흩어졌다. 건물 앞에 듬성듬성 자란 나무 여섯 그루, 그리고 따로따로 선 다섯 명. 속이 다 드러난 땅바닥 위를 바람이 스쳤다.

"히카루, 천음을 연주해."

바람 속에 이나미의 목소리가 울렸다.

아레이는 플루트에 입술을 붙이는 히카루를 바라봤다. 은색 피리에서 공기가 진동하며 아름다운 소리가 흘러나왔다. 히카루가 처음 그림자계에 빨려 들었을 때 학교 운동장에서 읊조렸던 멜로디. 어제 그림자 구렁이 안에서 불렀던 그 멜로디다.

기억나지 않는다고 했지만 히카루는 규칙도 리듬도 없는 멜로디를 플루트에 실어 확실히 연주하고 있었다. 그 선율은 '미'로 시작해 한 옥타브 높은 '레'로 건너뛰었다가 또 낮은 '레'로 돌아온다. 마치 플루트가 발랄한 소리를 통해 무어라 말을 거는 듯했다.

아레이는 머릿속으로 히카루가 연주하는 멜로디 음계를 무의식적으로 따라 하고 있었다.

미도파도솔 레레라솔미 솔도레시레 미레미도파……

불현듯 아레이는 무언가로 머리를 얻어맞은 듯한 기분에 눈을 부릅떴다.

이 노래를 알고 있는 것 같아. 확실히…….

분명 처음 듣는 멜로디인데 어째서인지 아레이는 익숙했다.

왜지? 어디서 들었더라? 무슨 노래지?

그때 아레이 바로 옆의 붉나무 우듬지가 바람도 없는데 버석버석 소리를 냈다.

퍼뜩 눈을 들자 파릇파릇한 붉나무 이파리 그늘에서 까만 무언가가 한꺼번에 하늘로 날아올랐다.

"뭐, 뭐야?!"

Q가 외쳤다.

날갯소리가 들린다. 까맣게 하늘을 빙빙 도는 무리를 올려다보며 이나미가 소리쳤다.

"박쥐다!"

그 목소리와 함께 이나미 손에서 하얗고 작은 알갱이가 흩날렸다. 쌀이었다. 그러나 이나미가 뿌린 쌀알은 박쥐 떼에게 닿지 않았다.

이나미가 주문을 읊기 시작했다.

"우주를 만든 신

만상을 꿰뚫는 신의 빛

빛으로 너희를 돌려보내리."

별안간 나무 위 박쥐 떼가 곤두박질하기 시작했다.

"꺅!"

박쥐 떼가 히카루 머리를 스치듯이 날며 플루트 소리가 끊겼다. 그대로 아파트 뒷산 쪽으로 날아가는 까만 무리를 바라보며 이나미가 "쳇." 하고 혀를 찼다.

"놓쳤어."

"놓쳤다니? 저 박쥐들이 황천귀였다는 거야?"

히카루가 플루트를 쥔 채 이나미에게 물었다.

"올라탄 거야아. 황천귀는 햇빛에 약하니까 생명체의 몸을 빼앗아 움직여."

이나미는 뒷산으로 날아간 박쥐들을 쫓아 걸음을 떼었다. 아이들도 따라갔다.

"저 많은 박쥐에? 몇십 마리나 있었는데."

커다란 배낭을 자전거 옆에 두고 온 Q가 가벼운 몸으로 이나미를 뒤따르면서 꺼림칙하다는 듯이 말했다.

"저 박쥐가 전부 다 황천귀는 아냐."

이나미는 건물 모퉁이를 끼고 뒷산 방향으로 돌면서 Q에게 대꾸했다.

"황천귀는 원래 무리를 지으려는 습성이 있어. 그림자계에서도 한 군데에 모여 증식하고. 그러니 현실 세계로 넘어와서도 본능적으로 박쥐 떼 속에 숨으려고 했겠지이. 즉, 몇 마리에 올라타 나머지를 조종하면서 무리 속에 숨어 있는 거야."

그라운드로열 뒤로는 신도시 북쪽 산맥이 바로 이어졌다. 푸릇푸릇하게 우거진 나무들과 여름풀이 산을 온통 뒤덮고 있었다. 발 디딜 길도 없을 정도였다.

산을 우러러보며 Q가 한숨을 흘렸다.

"이 속으로 숨었으면 이제 따라가는 건 무리 아냐?"

"그리 멀리 가지는 못했을 거야."

이나미가 산줄기를 바라보며 말했다.

"박쥐도 황천귀도 어둠을 좋아해. 낮에는 움직임이 느린 편이지이."

그때 "꺄! 꺄!! 꺄!!!" 하고 하루코가 비명을 세 번 연속 내질렀다.

"뭐야? 왜 그래? 뭐가 나왔어?"

Q가 부랴부랴 주위를 둘러봤다.

아레이는 하루코의 시선이 향하는 곳을 눈으로 좇았다. 하루코는 아파트 단지와 산의 경계 쪽 바닥을 쳐다보고 있었다. 잡초가 드문드문 자란 땅 위에 까만 덩어리가 띄엄띄엄 흩어져 있는 게 보였다.

"박쥐……"

하루코와 1미터쯤 떨어진 곳에 선 히카루가 잡초 속을 들여다보다가 갑자기 헉하고 숨을 삼켰다.

"세상에……. 이 박쥐…… 한쪽 눈이 뭉개졌어!"

나동그라진 박쥐 네 마리는 이미 죽었는지 꿈쩍하지 않았다. 다리 네 짝은 굳고 날개도 펴진 채다.

까맣게 땅 위를 뒹구는 불길한 박쥐 사체. 그러나 더 기분 나쁜 점은 그 박쥐 네 마리의 한쪽 눈이 하나같이 무언가에 뭉개져 있다는 점이었다.

"타다 버렸네……."

이나미가 말했다.

"여기서 갈아탄 거야, 다른 무언가로……. 황천귀가 이용했던 박쥐를 버리고 간 거지이."

"한쪽 눈은 왜 그래?"

아레이는 꺼림칙한 까만 사체에서 눈을 돌리면서 이나미에게 물었다.

"황천귀는 눈으로 드나들거드은."

"뭐……? 눈으로?"

아레이는 등이 으스스한 걸 느끼면서 되물었다.

이나미는 "그래애." 하고 주억이며 말을 이었다.

"그래서 황천귀가 숨어든 생명체를 찾으려면 눈을 확인하면 돼. 한쪽 눈이 뭉개졌는지를……."

태연하게 말하는 이나미 앞에서 아이들은 잠자코 서로 시선을 주고받았다.

"어쨌드은! 이걸로 놈들의 수는 파악했어. 달아난 황천귀는 넷. 얼른 찾아서 불살라 버리자고오!"

이나미가 플루트를 쥔 히카루를 봤다.

"한 번 더 천음을 연주해 줘. 한 번 더어! 네가 황천귀를 우리 앞으로 끌어내면 내가 황천귀를 불태워서 정화할게."

세찬 바람이 산을 지나갔다. 무성한 나무들이 이나미의 말에 응답하듯이 사락사락 몸을 뒤틀었다.

히카루가 플루트를 들고 자세를 취했다. 조용히 입김을 불어 넣자 은색 피리가 노래하기 시작했다.

고하는 자

　천음이 울려 퍼지는 가운데 아이들은 숨죽이고 주위를 살폈다. 햇빛을 피해 박쥐 몸속에 숨었던 황천귀. 이번에는 무엇으로 옮겨 탔을까? 이나미는 황천귀의 탈것을 찾으려면 외눈인지를 확인하면 된다고 했다.

　아레이는 예로부터 외눈이 신의 상징이자 신에게 바치는 산제물의 표식이기도 했다는 사실을 떠올렸다. 그러고 보니 그림자계 황천 병사들도 외눈박이었다.

　별안간 아파트 뒷산 쪽에서 바스락바스락 풀숲을 헤치는 듯한 소리가 들렸다. 모두 그쪽을 올려다봤다.

　사람인가?

　가까워지는 소리와 기척이 너무 커서 살그머니 다가온다는

87

느낌은 아니었다. 소리는 점점 커졌다. 큼직한 무언가가 나무 숲을 뛰어 내려오는 것 같았다.

이나미는 오른손 주먹을 꼭 쥐고 있다. 여차하면 쌀알을 뿌릴 생각일 것이다.

"히카루, 천음을 계속 연주해."

이나미가 말했지만 히카루는 플루트에서 고개를 들었다. 천음이 끊겼다.

"무리야. 여기서부터는 모르겠어."

히카루 말이 끝나자마자 마침내 숲속에서 무언가 모습을 드러냈다.

"와……?"

Q가 소리를 올리며 뒷걸음질했다. 아레이도 무의식적으로 한 걸음 물러났다. 온몸에 잿빛 털이 빳빳한 멧돼지가 노려보고 있었다. 덩치가 엄청나게 컸다.

하루코는 눈을 부릅뜬 채 굳었다. 히카루는 플루트를 꽉 쥔 채 숨을 삼켰다.

"외눈이 아냐."

아레이가 속삭이는 듯한 목소리로 이나미에게 말했다. 멧돼지에게는 두 눈이 있었다.

아이들과 멧돼지 사이의 거리는 이제 몇 미터 되지 않았다. 산의 나무숲이 끊길락 말락 하는 곳에 서서 멧돼지는 자꾸만 무언가를 떨치듯이 짧은 목을 털었다. 그리고 화가 서린 눈으로 아이들을 노려보며 우는 듯도 하고 콧김을 내뿜는 듯도 한 소리를 냈다.

그런데 멧돼지가 내는 소리와는 다른 희미한 소리가 아레이 귀에 닿았다. 횡 하는 울림……. 공기가 떨리는 듯한 소리.

이건…… 날갯소리다!

아레이가 알아챘을 때 이나미가 작은 목소리로 말했다.

"등에야. 봐, 멧돼지 목덜미 쪽! 등에 떼가 있어."

멧돼지가 또 성난 듯이 목을 흔들며 어깨를 들썩였다. 순간 뒤에서 검은 연기처럼 벌레 떼가 날아오르더니 다시 금세 멧돼지에게 달라붙었다. 아무래도 멧돼지는 자기 몸에 무더기로 붙은 등에를 떼어 내고 싶은 모양이었다.

"저 속에 있어."

이나미가 속삭였다.

"어?"

아레이와 Q가 동시에 되묻자 이나미는 멧돼지를 살피면서 또 빠르게 이어 갔다.

"등에 떼 속에 황천귀가 숨었어. 멧돼지를 들쑤셔서 화를 돋운 다음 우리를 덮치게 할 생각이야."

"등에? 어떤 놈이 외눈인지 모르겠어!"

높아진 Q의 목소리에 멧돼지가 반응했다. 충혈된 눈으로 Q

를 포착한 멧돼지는 머리를 낮게 숙이고 앞발을 굴러 댔다.

"온다아⋯⋯"

이나미가 긴장한 표정으로 말했다.

"흩어져서 뛰는 거야! 뭉치면 안 돼."

지금 쌀을 뿌렸다가는 공연히 멧돼지를 자극하게 될 것이었다. 주문을 외울 여유도 없을 듯했다.

쏴아! 덤불을 거칠게 흔들며 멧돼지가 달려들었다.

"뛰어!!!"

이나미의 외침에 아레이와 Q, 히카루와 하루코는 아파트를 향해 뿔뿔이 흩어져서 달리기 시작했다.

"으아악!"

Q의 몸이 휙 날았다.

"Q!!!"

멧돼지에 치여 땅에 나동그라진 Q가 보였다. 멧돼지는 한 번 더 돌진하려는 듯 씩씩댔다.

이나미가 멧돼지에게 큰 돌을 던졌다. 멧돼지가 방향을 틀었다. 멧돼지 얼굴 주위를 등에 떼가 검은 연기처럼 에워싸고 있었다.

멧돼지의 귓속, 눈자위, 콧잔등에도 등에들이 매달려 있다. 멧돼지가 연신 머리를 털었지만 등에 떼는 끈질기게 들러붙어 따끔따끔 얼굴을 찔러 댔다. 멧돼지는 자제력을 잃은 듯했다.

"우주를 만든 신!

만상을 꿰뚫는 빛!"

이나미가 쌀알을 등에 떼에게 던지면서 주문을 읊었다.

멧돼지가 돌진했다. 공격을 피해 이나미는 나무 뒤로 돌아 들었다. 멧돼지 몸이 부딪쳐 나무가 우지직 기울어졌다. 잽싸게 물러서는 이나미에게 다시 한번 멧돼지가 돌진하려고 했을 때, 머리에 딱 하고 돌멩이가 명중했다.

Q가 몸을 가누고 일어나 자갈을 연달아 멧돼지에게 던진 것이다. 아레이도 발밑의 조약돌을 주워서 던졌다.

돌팔매질이 멧돼지에게 큰 타격을 주지는 못했지만 그래도 멧돼지는 성가신지 부르르 머리를 내두르고 등을 으쓱했다. 그러고는 이번에는 어느 쪽을 덮쳐 줄까 하는 듯 핏발 선 눈으로 주위를 살폈다.

이나미가 기울어진 나무 건너편에서 다시 주문을 읊기 시작했다. 주머니에서 끄집어낸 쌀을 등에 떼를 향해 던지고 있는데 등 뒤에서 낮게 깔린 목소리가 울렸다.

"비켜요……"

뒤돌아본 아레이 눈에 무언가 파랗고 반짝반짝한 물체를 머리 위로 든 하루코의 모습이 비쳤다.

"으에엣, 그만둬!"

이나미의 비통한 목소리를 듣고서야 아레이는 하루코가 들어 올린 물건의 정체가 파란색 스쿠터라는 걸 알았다.

"내 스쿠터어!"

이나미가 소리친 것과 하루코가 멧돼지에게 스쿠터를 던진 건 거의 동시였다.

이나미의 파란색 스쿠터는 강속구나 다름없는 속도로 허공을 날아가서 우당탕도, 와장창도, 쨍그랑도 아닌 엄청나게 큰 소리와 함께 멧돼지에게 명중했다. 스쿠터 사이드 미러와 바퀴를 감싸는 흙받기가 날아가 뒹굴었다.

흙먼지를 일으키며 멧돼지가 쓰러졌다. 땅 위에 드러누운 멧돼지의 거대한 몸집과 깨져 뒹구는 스쿠터를 보았을 때, 아레이는 확신했다. 이건 하루코의 복수라고.

하루코⋯⋯ 역시 자기 가방을 태운 이나미를 용서하지 않았던 거야.

"내 스쿠터가!!"

이나미는 망연자실했다. 하지만 퍼뜩 다시 정신을 차리고 꿈쩍도 하지 않는 멧돼지 옆으로 달려갔다.

"굉장해! 헐크가 엄청나게 큰 멧돼지를 쓰러트렸어."

Q가 멧돼지에 다가가며 중얼거렸다. 무릎 쪽 청바지가 찢겨 있었다. 피도 묻어났다. 멧돼지에 받혔을 때 난 상처 같았다. 다행히 크게 다치지는 않은 듯했다.

"헐크 아니라니까요."

하루코가 Q를 돌아보면서 위협적인 목소리로 말했다.

"히카루! 천음을 연주해애!"

이나미가 외치고 다시 멧돼지 몸에 들러붙어 있는 등에 떼를 향해 정화용 쌀을 흩뿌리기 시작했다. 히카루도 다시 천신의 멜로디를 플루트로 연주했다.

"우주를 만든 신

만상을 꿰뚫는 신의 빛

빛으로 너희를 돌려보내리

빛이 드는 자리에서

땅으로 돌아가리니……"

이나미가 읊조리는 주문과 히카루가 연주하는 천음의 멜로디가 어우러졌다.

등에 떼는 즉각 반응했다. 멧돼지의 몸을 떠나 날갯소리를 내며 한 방향으로 빙글빙글 돌면서 까만 회오리를 만들었다.

그 회오리를 향해 이나미는 훌훌 쌀알을 쉬지 않고 뿌렸다. 천음과 주문과 쌀알. 이 세 가지를 더는 못 견디겠는지 회오리 속에서 등에 네 마리가 튀어나왔다. 황천귀가 탄 등에는 무리를 벗어나 달아나려고 드높이 날았다.

"빛이 드는 자리에서

땅으로 돌아가리니!"

이나미가 한층 더 크게 주문을 외우며 등에 네 마리에게 쌀을 힘껏 던졌다.

등에 세 마리가 발밑으로 떨어졌다. 이나미가 잽싸게 주머니에서 꺼낸 무언가로 불을 붙였다.

"가스 점화기다……."

하루코가 이나미 손을 바라보며 툭 중얼거렸다.

등에가 흙 위에서 작은 화염을 일으키며 타올랐다.

"황천귀가 탄 게 그거야? 아직 그 등에 속에 있는 거야?"

아레이는 등에의 한쪽 눈이 찌부러져 있는지 아닌지 확인할 수 없어 불안했다.

이윽고 재가 된 등에 세 마리를 짓밟으며 이나미가 답했다.

"등에가 떨어졌을 때 아직 움직이고 있었어. 다른 탈것으로 옮겨 탈 기회가 없었으니 황천귀를 소탕한 게 맞아."

히카루가 플루트에서 입술을 떼고 물었다.

"나머지 하나는? 황천귀는 넷이라며."

"저기 있어! 내가 다 보고 있었지!"

Q가 득의양양하게 말하며 아파트 옆쪽 벽을 가리켰다.

"봐, 1층. 튀어나온 곳! 환기구 밑에 달라붙어 있지?"

히카루가 Q의 말에 눈을 부릅뜨며 중얼거렸다.

"가만히 앉아 있네……. 하지만 어떻게 태우지? 손이 닿으려나?"

그러자 하루코가 두리번두리번 주위를 둘러보면서 말했다.

"전봇대라도 뽑아서 툭툭 쳐 볼까요?"

"굿 아이디어!"

좋다며 끄덕이는 Q를 보며 아레이는 저 자신도 놀랄만큼 빠르게 끼어들었다.

"그건 안 돼! 여기는 그림자계가 아니잖아. 현실 세계에서 전봇대를 뽑아서 휘둘렀다간 뒷감당 못 해."

"아하! 이거 환상이 아니라 현실이지."

Q도 나름대로 진지해져 말했다.

"아, 움직였어!"

히카루의 말에 모두 위로 시선을 들었다.

"에잉, 난감하네."

이나미가 중얼댔다.

까만 등에는 환풍기 배관 안으로 자취를 감추었다. 이나미가 혀를 찼다.

"쳇, 한 마리만 잡으면 됐는데에!"

"어떡하지?"

아레이가 묻자 이나미는 답하는 대신 생각을 정리하려는 듯 중얼중얼 말을 늘어놓았다.

"황천귀는 꽤 약해졌을 거야아. 등에에 탔지만 햇빛을 받고 돌아다닌 데다 천음과 주문, 쌀알 공격까지 받았으니……. 그래서 도망쳤겠지. 우리가 쫓아갈 수 없는 곳으로. 그렇더라도 지금 해치우지 않으면 역시 곤란해. 밤이 되면 분명 힘을 되찾아서 아파트 밖으로 나와 새 탈것을 찾을 테고, 그렇게 되면 마을에 또 다른 불길한 징조들을 일으킬 테니……."

"황천귀 하나여도 위험한 거야?"

히카루가 확인하듯이 물었다.

"응, 당연히."

이나미는 단호하게 내뱉고 생각에 잠긴 듯이 팔짱을 꼈다.

"자아, 일단 결계를 쳐 두자."

"오호, 결계? 어떻게 하는데?"

Q는 흥미진진한 듯했다.

이나미는 주머니에 손을 찔러 넣고 비척비척 아파트 옆으로 다가갔다.

"네 모퉁이에 쌀알을 두는 거야아."

주머니 속에서 꺼낸 쌀알을 건물 모퉁이에 두는 이나미를 보며 하루코가 소곤소곤 중얼거렸다.

"저런 게 정말 효과가 있나?"

"상대의 힘에 달렸어."

귀 밝은 이나미가 하루코에게 되받아쳤다.

"밀폐된 공간에선 이 방법이 꽤 쓸 만하거드은. 안에선 밖으로 나갈 수 없고, 밖에선 안으로 들어올 수 없도록 빗장을 거는 것과 같아. 하지만 상대의 힘이 세면 아무리 잘 잠가도 문을 통째로 깨부술 테니 소용없겠지이. 그래도 도망친 황천귀가 아직 기진맥진하니까 이 결계는 깨지 못할걸. 하루코처럼 괴력을 발휘하지 못한다는 뜻이야."

"뭐어?"

하루코의 눈에 분노의 불꽃이 번쩍였다.

"지금 괴력이라고 했나요?"

이나미는 신경 쓰지 않고 옆 모퉁이로 터벅터벅 걸어가 쌀을 놓았다.

"망이나 봐아, 황천귀가 나오지 않는지 잘 보라고."

그렇게 말하고는 뒤편의 두 모퉁이에 쌀을 두러 아파트를 돌아 사라졌다.

"아오, 열받아……."

하루코가 나지막하게 중얼거리는 소리에 아레이는 속으로 맞받아치면서 한숨을 지었다.

너도 할 말 없지, 뭐. 이나미의 스쿠터를 인정사정없이 깨부순 주제에…….

"여기에 가둔 다음엔 어쩔 셈인 걸까?"

히카루가 등에가 사라진 배관을 올려다보면서 입을 열었다.

"설마 아파트 안으로 들어가자는 건가? 잠겨 있을 텐데?"

히카루의 말에 답하듯 아파트를 한 바퀴 돌고 온 이나미가 말했다.

"결계는 다 쳤어. 하지만 건물 안에는 못 들어가겠다아. 현관이 잠겨 있네. 어쩌지이?"

눈앞에 솟은 그라운드로열을 이나미는 째려보듯이 빤히 바라봤다.

"1층 커뮤니티 시설의 테라스로 가."

"어?"

모두가 동시에 목소리를 올리며 시선을 주고받았다.

"누구야, 지금 말한 사람?"

Q가 아레이를 보며 수상쩍다는 듯한 표정으로 물었다.

"나 아니거든"

아레이는 울컥하여 Q에게 답했다.

아무도 자기가 말했다고 나서는 사람이 없었다.

"분명 모두 들었죠? 1층 커뮤니티 어쩌고……"

하루코가 눈을 굴리면서 말하는데, 또 목소리가 들렸다.

"테라스 끝 창문이 열렸다니까."

아레이는 퍼뜩 알아차렸다. 그 목소리는 귀로 들리는 게 아니라 직접 머릿속으로 울리고 있다는 사실을.

"앗!"

Q도 알아챘나 보다. 머릿속에 카랑카랑 울리는 목소리와 익숙한 말투를.

아레이와 Q는 천천히 얼굴을 마주 보며 동시에 외쳤다.

"카오스 고양이다!"

"나와! 어디 있어!"

Q가 뒷산을 향해 부르짖었기에 다들 무심코 그쪽으로 시선을 보냈다.

이나미가 산을 바라보면서 중얼거렸다.

"진짜야? 고양이라면 전에 말했던 깃든이 중 하나? 걔가 지금 우리한테 말을 걸었다고?"

"어어! 고양이 녀석아, 당장 나와라앗!"

Q가 한 번 더 뒷산을 향해 큰 소리로 외쳤을 때였다. 아이들 등 뒤에서 목소리가 들렸다. 이번에는 머릿속에 울리는 소리가 아니라 귀에 꽂히는 목소리였다.

"누구더러 고양이래."

모두 튕겨 나가듯이 뒤를 돌아보았다.

그라운드로열 아파트 단지와 도로 사이의 나무 그늘 아래에서 걸어오는 사람 그림자가 보였다. 고양이가 아니다. 사람이다. 회색 후드 티에 청바지 차림이었다.

"에엥? 에에에엥?!"

Q가 외쳤다.

아레이는 할 말을 잃었다.

"어떻게 된 거야?"

"쟤가 왜 여기서 나오죠?!"

히카루와 하루코가 아연실색하여 말하는 소리가 들렸다.

"뭐야아, 고양이가 아니잖아." 하고 이나미가 말했을 때 그 사람 그림자는 이제 아이들 바로 옆까지 와 있었다. "안녕!" 하고 손을 올리는 모습을 그 자리에 있는 모두가 얼빠진 채 바라보았다.

"너…… 너! 그러니까…… 그 탁구부 7학년 맞지?!"

Q는 역시 이름까지는 생각나지 않는 모양이었다. 대신 같은 7학년인 하루코가 말했다.

"야스카와잖아! 어째서 네가 여기 있는 거야?"

그러자 머릿속에 카랑카랑한 목소리가 울렸다.

"너희가 하나도 모르길래 알려 주려고 왔지. 테라스 끝 창문이 열려 있다고. 아까 직원들이 안내할 때 창문을 열어 두고는 잠그고 가는 걸 까먹었어. 그쪽을 통해 아파트 안으로 들어가면 돼."

침묵이 흘렀다. 무겁고 긴 침묵이.

아레이는 느닷없이 눈앞에 나타난 야스카와와 지금 머릿속에 울리는 말소리의 연관성을 헤아리려 눈을 깜박깜박하고 있었다.

야스카와가 지금 머릿속으로 말을 건 거야? 하지만 그럼 전에 만났던 카오스 고양이는?

야스카와가 씩 웃으며 아레이를 보았다. 머릿속에 목소리가 쩌렁쩌렁 울린다.

"아, 그 고양이! 내가 조종한 거야."

"뭐……?"

아레이가 되묻자 야스카와는 평범하게 목소리를 내어 떠들기 시작했다.

"어려운 거 아닌데. 고양이와 인간의 뇌 구조는 그렇게 다르지 않거든. 그래도 고양이 쪽이 코드를 뚫기 쉬운 편이지. 잘하면 동작도 통제할 수 있어. 사람은 무리지만. 그때 편의점 뒷산에 마침 얼룩덜룩한 고양이가 보이더라고. 아주 고분고분한 녀석이었어. 그래서 조종한 거야."

"네가 고양이한테 사람 말을 하게 했다고?"

Q가 깜짝 놀라 물었다.

"아니, 아니! 말한 건 나. 그때 바로 옆에 숨어 있었거든. 고양이는 단지 내가 조종하는 대로 산꼭대기까지 걸어가서 바위 위에 올라앉았을 뿐이야. 딱히 어려운 걸 시키지도 않았다고. 가끔 앞발을 털거나 몸을 흔들게 만든 게 다야."

야스카와의 말을 들으며 이나미가 소곤소곤 중얼거렸다.

"역시 고양이 깃든이라니 이상하다 싶었어."

아레이는 히죽거리는 야스카와를 노려보며 물었다.

"왜 그런 짓을 했는데? 직접 우리 앞에 나서서 말하면 됐잖

아. 그렇게 고양이까지 조종하는 수고를 하지 않아도.”

“그럼 묻겠는데.”

야스카와는 웃음을 거두더니 아레이에 맞서 노려보았다.

“뜬금없이 까불거리는 7학년 애가 나타나서 ‘지금부터 신의 말을 전할게요.’라고 하면 믿어 줄 거야?”

아레이는 말문이 막혀 Q와 얼굴을 마주 보았다. 야스카와가 코웃음을 치며 말을 이었다.

“그것 봐! 애초에 고양이를 앞세운다는 아이디어는 내가 아니라 신이 생각한 거야. 다들 고양이 꿈도 꿨잖아?”

야스카와의 말에 귀를 기울이던 이나미가 입을 떼었다.

“천신이 고양이를 택한 건 예로부터 이 마을의 수호 동물이 고양이기 때문이었을 거야.”

“하지만…… 그 고양이, 우리를 호모 사피엔스라고 하면서 비웃었는데? 너도 호모 사피엔스잖아.”

Q가 아직 믿지 못하겠다는 듯이 야스카와에게 물었다.

야스카와의 얼굴에 아주 조금 멋쩍은 표정이 떠올랐다.

“그렇게 말하면 조금 더 고양이 같으려나 싶어서……?”

아레이와 Q는 다시 한번 기가 막혀 얼굴을 마주 보았다.

능청스러운 얼굴로 담임 행세를 한 이나미, 괴력을 감쪽같이 감췄던 하루코, 고양이 뒤에 몸을 숨겼던 야스카와. 누가 그나마 평범한 편이려나…….

그렇게 생각하자 아레이는 또 한숨이 새어 나왔다.

이나미가 정체된 공기를 흔들듯이 입을 열었다.

"실랑이는 나중에 하자아. 지금은 남은 황천귀 하나를 해치워야 해. 야스카와가 말한 데를 통해서 얼른 들어가자."

추적

깃든이 여섯은 1층 테라스와 접한 창문을 통해 건물 안으로 들어갔다. 마룻바닥 위에 나뭇결무늬 식탁과 의자가 늘어선, 언뜻 보기에는 식당이나 카페 같은 공간이었다. 한편에 안내 데스크 같은 긴 테이블이, 그 뒤로는 부엌이 있었다.

"오, 여기 뭐 하는 데냐?"

Q가 널찍하고 환한 방을 휘휘 둘러보면서 누구에게랄 것 없이 물었다.

"주민들이 행사나 파티를 열 수 있는 공용 공간이래."

"야스카와, 그런 걸 어떻게 아는 거야?"

하루코가 수상쩍다는 듯이 야스카와를 건너봤다.

"지난주 설명회에 왔으니까."

"와! 야스카와네 이 아파트로 이사 올 거야? 고급이라 엄청 비싸다던데!"

하루코가 외쳤다.

"아니, 아니! 엄마 따라 와 봤어. 모델 하우스 구경하는 거 엄마 취미거든. 굉장히 호화롭긴 하더라."

"부럽다. 나도 구경하고 싶어! 이따 슬쩍 모델 하우스 보러 갔다 와도 돼요?"

"안 돼."

이나미와 아레이가 한목소리로 내뱉자 하루코는 뚱한 얼굴로 입을 다물었다.

부엌 쪽으로 눈을 돌린 이나미가 입을 열었다.

"환기구 배관은 저쪽으로 이어지나 보네에."

아레이는 흘끗 복도로 통하는 문을 눈으로 훑고 이나미에게 말을 던졌다.

"문은 닫혀 있어. 그렇다는 건 등에가 아직 이곳 어딘가에 있다는 거 아닐까?"

"그런 듯"

이나미의 말에 아이들 사이에 긴장감이 감돌았다.

Q와 히카루도 하루코와 야스카와도 벽이나 천장 쪽 여기저기로 눈을 돌리며 작고 까만 등에를 찾았다. 아레이의 시선은 부엌 방향에 멈추어 있었다.

"저쪽 먼저 살펴보자아."

이나미도 아레이와 마찬가지로 부엌 쪽을 보며 말했다.

"히카루, 천음을 연주해 줘. 다들 잘 봐. 등에를 놓치지 않게 말이야. 난 저쪽을 감시할게."

이나미의 요청에 히카루가 플루트 연주 자세를 취했다. 이나미는 테이블을 돌아 부엌으로 들어갔다.

히카루가 천음을 연주하기 시작했다. 느릿한 박자로 한 음 한 음 더듬어 멜로디가 이어졌다.

미도파도솔 레레라솔미 솔도레시레 미레미도파 라레라파미 미도미레시 레솔…….

이번에도 멜로디는 도중에 끊겼다.

천음을 들으면서 아레이는 어쩐지 초조하고 불안한 기분에 휩싸였다.

역시 알 거 같아. 안다고! 왜지? 왜, 내가 아는 거지?

한 번 본 건 모조리 머릿속에 영구 보존되고 있을 텐데 어째서 답을 찾을 수 없는 걸까? 지금껏 경험한 적 없는 답답함에 가슴이 조여들었다.

"없는데? 등에 같은 건."

야스카와의 말에 아레이는 퍼뜩 정신이 들었다.

"벌써 나가 버린 거 아냐?"

Q가 여전히 사방을 살피며 말했다.

"하지만 어디로요?"

하루코는 꼭 닫힌 거실 창문과 출입문을 갈마보며 고개를 갸웃했다.

부엌 안에서 이곳저곳으로 눈을 돌리던 이나미가 싱크대 안을 확인했다.

"아……!"

이나미의 어깨가 흠칫 들썩였다.

"있어?"

히카루가 플루트를 쥐고 날카롭게 물었다. 그러고는 한 번더 천음을 연주하려고 자세를 취했다.

"응, 있어……"

이나미가 차분한 목소리로 말했다. 동요하는 아이들을 돌아보려고도 하지 않고 가만히 주머니에서 무언가를 끄집어낸 뒤살금살금 싱크대 쪽으로 몸을 내밀었다. 분명 쌀알을 끼얹거나불을 붙이려고 타이밍을 재고 있는 거였다.

모두가 숨죽이고 이나미의 움직임을 지켜보았다.

별안간 굳어 있던 이나미의 뒷모습에서 힘이 빠졌다. 치켜올린 어깨를 늘어트리고 이나미가 돌아보았다.

"죽었어."

히카루가 숨을 불어 넣으려던 플루트에서 입술을 떼고 이나미를 보았다. 다시 한번 이나미가 말했다.

"등에가 죽었다고오."

"무슨 말이죠?"

제일 뒤에서 하루코가 고개를 기울였다.

"등에가 이미 죽어 있다고. 황천귀가 다른 생명체로 또 갈아탄 거야아."

이나미의 설명에 아이들은 잠시 말을 잃고 굳었다.

Q가 부엌에 들어가 싱크대로 다가갔다. 이나미가 몸을 옆으로 빼자 Q는 싱크대 안을 들여다보며 "흐음." 하고 신음했다.

"진짜 죽었네. 근데 한쪽 눈이 멀쩡한데?"

이나미가 귀찮다는 듯이 대꾸했다.

"등에는 작은 눈이 잔뜩 모여 있으니까 그중 하나가 뭉개져도 우리가 알 수 없을 뿐이야아."

아레이가 입을 열었다.

"황천귀가 다른 무언가로 옮겨 타 배수구를 통해 밖으로 달아난 거 아닐까?"

"그건 아닐 거야."

이나미가 덧붙였다.

"아마도……. 결계를 쳤으니 이 건물 밖으로는 나가지 못할 거야아."

"그런데 황천귀가 여기에 있다면 왜 안 나오는 거야? 천음을 연주해도 소용없고."

히카루의 질문에 이나미는 잠시 생각한 뒤 입을 열었다.

"아마 천음이 짧은 탓에 충분히 효력이 발휘되지 않는 거 같아. 처음에 아파트 앞 나무에서 천음을 들었을 땐 놀라서 튀어나왔지만 두 번째, 세 번째 천음이 연주될 때마다 도중에 끊겼으니 조금만 참으면 된다는 걸 황천귀가 알아 버린 걸 수도."

"그럼, 어떻게……." 하고 히카루가 말을 꺼냈을 때 "쉿!" 하고 이나미가 입술에 손가락을 대었다.

모두 철렁하여 입을 닫고 숨을 죽였다. 침묵이 흘렀다. 아레이는 고요 속에 귀를 기울였다.

무슨 소리가 난다……. 사각사각 무언가를 긁는 듯한, 할퀴는 듯한 희미한 소리.

아레이는 소리가 나는 방향으로 눈길을 보냈다. 부엌 구석이다. 모두 같은 곳을 보고 있다.

싱크대 안?

부엌에 선 이나미와 Q도 희미한 소리가 나는 싱크대를 한 번 더 확인하려 했다. 나머지 네 사람은 테이블 너머로 두 사람을 가만히 지켜보고 있었다.

천천히 싱크대 쪽으로 몸을 내민 이나미가 "우……." 하고 찡그렸다. Q는 "우와악, 뭐야!" 하고 소리쳤다.

"뭔데?"

야스카와가 몸을 내밀었다. 그때 하루코가 부엌 구석 벽을 가리키며 "앗!" 하고 외쳤다.

"저기! 배관 쪽! 뭐가 나와요!"

아레이도 숨을 삼켰다. 부엌 벽 배관에서 무언가가 넘쳐흐르고 있다. 검은색과 오렌지색으로 얼룩덜룩한 길쭉한 무언가……. 그것들이 뚝뚝 마룻바닥으로 떨어졌다.

야스카와가 Q와 이나미에게 외쳤다.

"뭐 하고 있어! 돌아와! 얼른!"

그 길쭉한 끈 같은 것들은 마룻바닥 위를 슬슬 기기 시작했다. 꿈틀꿈틀 움직이며 까만 파도처럼 퍼져 갔다.

야스카와가 고래고래 소리쳤다.

"지네야!"

이나미가 지네 떼를 피해 부엌에서 튀어나왔다.

"우악! 우아악!! 우아아악!!"

허둥지둥하며 Q도 얼른 도망쳐 나왔다.

"싱크대 배수구에서도 나왔어!"

Q가 말을 마치자마자 히카루가 싱크대를 가리키며 외쳤다.

"봐! 저기!"

싱크대에서 나온 지네가 바닥으로 미끄러져 내려오는 게 보였다. 한 마리가 아니었다. 이상하리만치 많은 지네가 넘쳐 나와 폭포처럼 바닥으로 쏟아져 내렸다.

"꺅! 꺅! 꺅! 꺅! 꺅!"

하루코가 연달아 다섯 번이나 비명을 지르고는 "창문 봐
요!!!"라고 폭풍처럼 외쳤다.

"으……. 저게 다 뭐야."

야스카와가 짜내는 듯한 목소리로 중얼거렸다.

테라스 창문에 지네가 빽빽이 매달려 있었다. 테라스 쪽 배
관으로 들어온 모양이다. 꿈틀대는 벌레들이 햇빛을 가로막아
실내가 어두컴컴해졌다.

배관에서 넘쳐흘러 창문을 타고 내려온 지네는 바닥으로도
퍼져 오기 시작했다.

"나가자아!"

이나미가 외치며 복도로 통하는 출입구로 달려들었다.

"안 되겠어! 문이 안 열려어!"

두툼한 불투명 유리문은 잠겨 있는지 이나미가 힘껏 밀어도
열릴 기미가 없었다.

"대체 뭐냐고, 이 어마어마한 지네들은!"

Q가 지네투성이인 바닥을 둘러보며 화난 듯이 소리쳤다.

"황천귀가 불러들인 거야."

이나미가 말했다.

"지네로 갈아탔는데, 결계 탓에 여기서 나가지 못하니까 반
대로 같은 지네들을 불러 모아서 무리 속에 숨을 생각인 거야."

"많아도 너무 많잖아."

야스카와의 불평에 이나미가 대꾸했다.

"등에건 지네건 메뚜기건 개미건 벌레로 우글우글하게 만드는 건 황천귀의 주특기거드은. 여기는 산도 가까우니까 이 일대의 지네를 전부 불러 모을 생각인 거야. 이 방으로……"

"아, 진짜 싫어!"

히카루는 지네 떼를 피해 뒷걸음질했다.

"꺄! 꺄! 꺄! 꺄! 꺄!"

하루코는 또다시 비명을 다섯 번 연발하고 의자 위로 피신했다. Q도 의자 위로 올라갔다.

지네의 수는 점점 불어났다. 벽에도 창문에도 바닥과 커튼에도 죄다 지네투성이다. 아레이, 이나미, 히카루와 야스카와도 이제 모두 의자 위로 올라와 밑에서 기어오르는 지네를 필사적으로 걷어차 떨치고 있었다.

아레이가 바로 옆 의자 위에 선 이나미에게 물었다.

"이제 어떡해? 일단 밖으로 나가야겠지?"

그 말을 듣고 야스카와가 물었다.

"어떻게 나가는데? 출입문은 잠겼고, 테라스 창문은 온통 지네인데"

"하루코한테 문을 부숴달라고 할까?"

Q가 말하자 하루코가 질색했다.

"싫어요! 싫다고요! 절대! 바닥이 지네투성이잖아요! 지네를 밟고 걷는 건 못 해요!"

"그럼, 너 계속 여기 있을래?"

Q가 되받았다.

"야스카와!"

별안간 이나미가 야스카와를 불렀다.

지네를 발로 차 떨치던 야스카와가 고개를 들었다.

"신호를 가로채자아."

이나미의 말에 야스카와는 고개를 갸우뚱하며 되물었다.

"뭐? 가로채?"

"황천귀가 지네를 조종하는 신호를 빼앗자고오. 천신의 코드를 감지했듯이 황천귀의 코드를 잡으면 돼. 그걸 이용해 우리가 지네 떼를 조종하자는 거야. 알았지이?"

야스카와는 여전히 잘 모르겠다는 표정이었다.

"황천귀의 코드를? 가능하기는 하겠는데……. 하지만 지네를 조종하는 건 좀 다른 문제야. 말했잖아, 고양이 뇌는 사람이랑 비슷해서 어디를 건드리면 될지 대충 알지만, 나도 절지동물 머릿속은 모른다고."

야스카와가 머뭇거리자 이나미가 말했다.

"히카루가 있잖아."

"어? 나?"

의자로도 모자라 테이블로 올라가려던 히카루가 놀라서 이나미를 보았다. 이나미가 입을 열었다.

"야스카와가 감지한 코드를 히카루에게 보내는 거야. 그리고 히카루는 그걸 연주해. 그럼 지네를 조종할 수 있어."

"그게 무슨 말이야?"

히카루의 얼굴에 당혹스러움과 혼란이 떠올랐다.

"나더러 플루트를 불어서 지네 떼를 조종하라고? 못 해. 내가 마술사도 아니고."

이나미는 참을성 있게 말을 계속했다.

"전에 들은 적 있어. '벌레 쫓기'라는 주술이 있다고. 여기에 악기가 사용돼. 피리나 나팔 소리로 벌레 떼를 조종하는 거야. 황천귀의 메시지도 천신이랑 비슷할 테니까아. 과거에도 깃든이 중에 양쪽 말을 알아듣고 악기로 연주할 줄 아는 자가 있었다고 했어. 그러니까……"

말을 끊고 이나미가 히카루와 야스카와를 번갈아 바라봤다.

"야스카와랑 히카루가 힘을 합치면 할 수 있어! 히카루에게 들리지 않는 황천귀의 말을 야스카와가 히카루 머릿속으로 보내. 히카루에게는 분명 음악으로 들릴 거야. 그걸 플루트로 연주하는 거지이."

짧은 침묵 뒤에 히카루가 불안스레 물었다.

"만약 잘 안되면?"

이나미가 어깨를 움츠리며 말했다.

"그때는 도망쳐야지이. 지네에게 물어뜯기더라도 아까 들어온 테라스 창문으로 뛰쳐나간다! 그뿐이야."

이나미는 방금 테이블로 올라온 지네 한 마리를 걷어차 떨어트렸다.

"꺄아아아악!"

하루코가 또 비명을 질렀다.

"뭐라도 던지면 안 돼요? 의자로 천장을 부숴 지네들을 깔아뭉개 버릴까요?"

"안 돼!"

이나미는 하루코에게 큰 소리로 이른 뒤, 한 번 더 히카루를 쳐다보았다.

"자, 네가 빨리 안 하면 하루코가 여길 부수기 시작할 거야. 알지? 이 아파트 엄청나게 비싸다는 거. 보상하려면 큰일이라고오!"

히카루가 마침내 플루트를 잡고 결연히 말했다.

"야스카와, 코드를 보내."

벌레 쫓기

히카루가 플루트에 입술을 대고 눈을 감았다. 반대로 야스 카와는 눈 한 번 깜박이지 않고 물끄러미 지네 떼를 쳐다봤다. 무리를 조종하는 황천귀의 코드를 잡으려는 듯했다.

사방이 어마어마한 지네로 넘쳐 났다. 수많은 지네가 움직 일 때마다 들리는 와글와글, 박작박작 웅성거리는 듯한 소리가 아이들을 에워쌌다. 바닥을 기는 것으로 모자랐는지 지네들은 벽이나 커튼, 온갖 가구에 들러붙어 기어올랐다.

아이들은 의자 다리를 타고 오르는 지네들을 걷어차 쫓으면 서 히카루의 플루트가 울리기를 기도하는 심정으로 기다렸다.

툭, 하고 무언가가 천장에서 아레이의 어깻죽지로 떨어졌 다. 후드 티에서 튕겨 나와 운동복 바지에 매달린 건 역시 지네였다. 오싹 소름이 돋았다. 황급히 옷소매를 잡아 내려 맨손으로 만지지 않도록 주의하면서 지네를 떨어냈다.

고개를 드니 보고 싶지 않은 광경이 보였다.

이미 천장까지 지네 떼로 뒤덮였다. 수십 짝이나 되는 다리로 매달려도 중력을 거스르지 못하겠는지, 몇몇은 툭툭 까만 빗줄기처럼 바닥으로 곤두박질쳤다.

아래도 지네, 위도 지네, 옆도 지네……. 지네의 방이다.

퍼뜩 히카루가 눈을 떴다. 히카루와 야스카와의 시선이 부딪쳤다. 곧이어 히카루는 흡, 숨을 들이쉬고 다시 눈을 감았다.

히카루가 내뱉는 숨과 함께 플루트 소리가 지네의 방에 울려 퍼졌다. 처음에 울린 음은 '레'다.

레라파 레라파 레라파 레라파…….

뱅뱅 도는 듯이 세 음계가 오락가락 되풀이됐다.

다음으로 '미'가 들렸다.

미시솔 미시솔 미시솔 미시솔 미시솔 파도라 파도라 파도라 파도라 파도라…….

마치 나선을 그리듯이 음의 계단을 오르며 플루트의 청아한 소리가 울렸다.

'라미도'까지 오르더니 이번에는 음계가 내려갔다.

레시솔 레시솔 레시솔 레시솔 레시솔 도라파 도라파 도라파 도라파 도라파…….

천신의 멜로디보다 훨씬 단조로운 선율이다.

세 음계가 한 묶음인 패턴이 반복해서 나타났다. '도'에서 한 옥타브 위의 '미'까지. '도레미파솔라시도레미'의 열 개 음으로 구성된 멜로디였다.

공기를 흔드는 플루트 선율을 들으면서 아레이는 무언가 마음에 걸렸다.

왜 천신의 멜로디에는 패턴이 없을까?

천음도 열 개의 음으로 이루어져 있었다. '시'부터 한 옥타브 위 '레'까지. 황천귀와 같이 음 열 개라도 천신의 멜로디에는 전혀 패턴이라고 할 게 없었다. 그저 흩어진 음이 이어졌다.

이 점이 묘하게 마음에 걸렸다. 조금만 더 생각해 보면 무언가 알 것 같았다. 한 번도 들어 본 적 없는 천음이 어째서 익숙한 걸까…… 그 답이 곧 손에 닿을 듯해 아레이는 지네도 잊고 생각에 젖어 있었다.

"좋아!"

이나미의 목소리에 아레이는 퍼뜩 정신 차렸다.

마구 기어다니고 돌아다니던 지네 떼가 잠잠해졌다. 일제히 동작을 멈추었다. 그 대신 지네들은 머리를 쳐들다시피 해서 공기의 진동을 읽고 있었다. 히카루가 연주하는 멜로디가 지네들에게 영향을 주는 듯했다.

지네들의 머리가 다 같은 방향을 향했다. 그 끝에 플루트를 부는 히카루가 있었다.

이나미가 히카루에게 말했다.

"히카루, 지네 떼를 밖으로 유인해애. 네가 플루트를 불면서 이동하면 지네들이 따라갈 거야. 산기슭 근처까지 데려가면 알아서 낙엽이나 돌 밑으로 숨어들겠지."

올라갔다 내려가는 멜로디를 계속해서 불면서 히카루가 눈을 들어 이나미를 보았다. 이나미가 끄덕였다.

"괜찮아. 천천히 내려와 봐. 길을 비켜 줄 거야. 그다음 고분고분 따라간다니까아."

히카루는 마음을 다잡은 듯했다. 테이블에서 먼저 의자 위로 내려서더니 거기서 물끄러미 바닥을 그득 메운 지네 떼를 내려다봤다.

레라파 레라파 레라파 레라파 레라파 미시솔 미시솔 미시솔 파도라 파도라 파도라 파도라 파도라.

플루트 선율의 박자가 조금 빨라지는 느낌이 들었다. 히카루가 의자 위에서 왼발 끝을 내렸다.

지네 떼가 움직였다. 이나미가 말한 대로 히카루에게 길을 터 주려는 듯 지네들이 옆으로 물러났다.

히카루가 바닥의 빈 공간에 발을 내렸다. 그러자 또 지네 떼가 스멀스멀 움직여 길을 열었다. 마치 히카루가 가려는 방향을 헤아리는 듯이.

테이블에서 테라스 창문까지 한 줄기 길이 열렸다. 히카루가 그 길로 나아갔다.

솔레시 솔레시 솔레시 솔레시 라미도 라미도 라미도 라미도 레시솔 레시솔 레시솔 레시솔…….

계속해서 울리는 플루트 소리. 걸음을 이어 가는 히카루. 마침내 히카루가 테라스에 다다르자 창문에 매달려 있던 지네 떼가 픽픽 아래로 떨어져 깨끗한 유리창이 나타났다. 히카루는 플루트를 계속 불면서 팔꿈치로 밀다시피 창문을 열었다. 탁한 방 공기를 휘저으며 바깥바람이 사르르 불어왔다.

히카루가 드디어 건물 밖으로 발을 내밀었다. 플루트 소리가 멀어져 간다. 그러자 지네 떼가 움직이기 시작했다. 우글우글, 수군수군 웅성대듯 히카루 뒤를 따라 기어갔다.

"우왁, 대단해! 지네 카펫 같아."

Q가 테이블 위에서 지네 떼를 굽어보며 감탄했다.

아레이도 압도감을 느끼며 이나미에게 물었다.

"근데 황천귀는? 이 중에 황천귀에게 몸을 빼앗긴 지네가 있잖아."

"물론."

이나미는 만족스럽다는 듯이 이동하는 지네 떼를 내려다보면서 말했다.

"무리가 움직이면 그 녀석도 함께 움직일 거야. 몸을 숨겨야 할 테니.”

“가려낼 수 있을까? 이렇게 많은 지네 속에서?”

이나미는 참지 못하겠다는 듯이 “큭큭큭.” 하고 소리 죽여 웃으며 신나 했다.

“문제없다고오. 황천귀가 탄 지네는 결계 밖으로는 못 나가는걸. 다른 모든 지네가 다 나가면, 마지막에 남은 한 마리를 정화해서 불태우면 끝!”

아레이는 드디어 이해하고 발밑을 줄줄이 움직여 가는 지네 떼를 바라보았다. 이나미는 처음부터 다 생각이 있었나 보다. 야스카와와 히카루에게 벌레 쫓기를 시킬 때, 이미 여기까지 작전을 세우고 있었던 거다.

지네 떼는 생각보다 훨씬 날랬다. 들어올 때 단숨에 밀어닥쳐 곳곳을 메웠듯이 물러갈 때도 눈 깜짝할 사이에 테라스 밖으로 사라졌다. 까만 파도가 밀려가듯이.

“거봐.”

이나미가 테이블에서 폴짝 바닥으로 뛰어내려 테라스 구석을 가리켰다.

“저기서 우물쭈물하는 녀석이 있잖아.”

아레이와 Q, 야스카와는 테이블에서 내려와 열린 창문으로 다가갔다. 구석으로 멀리 피했던 하루코도 쭈뼛쭈뼛 다가왔다.

창문 밖에는 온화한 초여름 햇살이 넘쳐흐르고 있었다. 눈부시게 투명한 빛이 테라스를 구석구석 비췄다.

그 많던 지네의 모습은 이제 어디에서도 찾아볼 수 없었다. 테라스 구석을 기는 단 한 마리를 빼고는…….

"맞아, 이 녀석이야. 신호를 보내고 있어. 약하지만……?"

야스카와가 말했다.

뒷산 쪽에서 히카루가 부는 플루트 소리가 아직 흘러오고 있었다. 이나미가 부드러운 바람을 맞으며 테라스로 나갔다. 주머니에서 끄집어낸 쌀알을 우수수 지네에게 던지며 이나미는 주문을 읊었다.

"우주를 만든 신

만상을 꿰뚫는 신의 빛

빛으로 너희를 돌려보내리

빛이 드는 자리에서 땅으로 돌아가리니"

그리고 마지막 차례로 지네에 불을 붙였다. 지지직 하고 소리를 내며 테라스 구석에서 둥글게 말린 지네의 몸이 재가 되어 가는 모습을 아레이와 아이들은 묵묵히 바라보았다.

이나미가 재가 된 지네를 꾹 짓밟고서 목청을 높였다.

"히카루! 끝났어어!"

뒷산에서 세찬 바람이 불어왔다. 플루트 소리가 끊겼다.

아이들은 창문을 닫고 밖으로 나왔다. 떠나기 전에 아레이가 한 번 더 돌아보니 그라운드로열 커뮤니티 시설은 오후의 햇살을 받으며 고요하기만 했다.

혹시 누가 수상하게 여기지는 않을까? 테라스에 흩뿌려진 쌀알을, 재가 된 지네를……

만약 누군가 알아챘다고 해도 오늘 여기에서 일어난 일을 상상할 수 있는 사람은 한 명도 없을 거다. 아레이도 깃든이로 선택받지 않았다면 현실에서 이런 일이 일어난다는 걸 줄곧 모른 채로 살았을 테니.

아파트에서 눈을 떼고 자전거를 세워 둔 곳으로 향하면서 아레이는 문득 떠오른 질문을 이나미에게 던졌다.

"황천귀는 왜 더 큰 생물체에 타지 않는 거야? 예를 들면 양이나 소 떼처럼……"

이나미가 힐끗 아레이를 돌아다보며 걸음을 늦추었다. 아레이와 나란히 서서 이나미가 입을 열었다.

"쥐나 새 떼 정도까지야. 소나 양은 보고된 바 없어. 아, 사람에 탄 적은 있다. 딱 한 번……"

두 사람의 대화를 들은 Q가 흥분한 기색으로 대각선 앞에서 끼어들었다.

"뭐? 사람 몸을 빼앗은 적이 있다고? 황천귀가? 엄청 큰일이잖아!"

"우리나라에서 있었던 일은 아니야."

이나미는 아레이와 Q를 번갈아 보면서 말을 이었다.

"너무 옛날 일이기도 하고, 꾸며 낸 이야기라고 주장하는 사람도 있긴 해. 하지만 우리 집안 대대로 전해지는 책에 유일하게 황천귀가 사람을 탈것으로 쓴 사례로 기록되어 있어. 우리 할아버지도 아예 불가능한 일은 아니라고 하셨고."

"어디서 일어난 일이었는데?"

Q가 묻자 이나미는 아레이와 Q 한가운데서 툭 말을 던졌다.

"독일. 13세기 독일의 하멜른이라는 마을."

"아!" 하고 아레이는 저도 모르게 소리를 냈다.

"설마…… 피리 부는 사나이의 전설 얘기야?"

아레이는 마음이 울렁거려 더 이상 아무 말도 할 수 없었다.

이나미는 망가진 스쿠터 쪽으로 걸어갔다. 아레이는 그 자리에 우뚝 섰다. 아파트 뒤편에서 걸어온 히카루가 의아하다는 듯 아레이를 봤다.

"왜 그래요?"

하루코도 물어 왔다.

"이나미랑 싸웠어?" 하고 말하는 야스카와에게 "아닝. 앗, 아니." 하고 Q가 이상한 말투로 대꾸하며 설명했다.

"황천귀가 옛날 옛적, 독일 하메 어쩌고라는 마을에서 딱 한 번, 사람 몸에 탄 적이 있대. 그 이야기를 이나미가 했더니 아레이가 굳었어."

아레이는 겨우 머릿속을 정리하고 입을 열었다.

"하멜른이야. 이상한 전설이 남은 마을이지."

"아…… 들어 본 적 있어!"

야스카와가 우렁차게 목소리를 올렸다.

"나도 생각났어!"

아까는 멍하니 있던 Q가 야스카와와 겨루듯 외쳤다.

"음악대가 있던 마을이지? 당나귀랑 개랑 닭인가……?"

아레이는 한숨을 쉬었고, 야스카와가 대꾸했다.

"그건 브레멘 음악대고. 하멜른은 피리 부는 사나이잖아. 쥐 떼를 피리 부는 사나이가 해치웠다는 이야기 몰라?"

날아간 스쿠터 사이드 미러를 주워 든 이나미가 아이들 쪽을 돌아보고 입을 열었다.

"옛날 하멜른에 쥐가 아주 많이 나타났어. 그때 한 남자가 돈을 주면 쥐를 다 잡아 주겠다며 나섰지이. 마을 사람들이 거래에 응하자 남자는 피리 소리로 쥐 떼를 강으로 유인해서 모두 없애 버렸어."

히카루가 미간을 찌푸리고 생각에 빠진 듯이 이나미를 바라봤다.

"그 피리 부는 사나이도 나랑 비슷한 깃든이였던 거야? 황천귀가 올라탄 쥐 떼를 피리를 불어 조종했다는 건가?"

"그렇다고 해애. 깃든이의 역사에는 그렇게 되어 있어."

"문제는…… 그 뒷이야기가 더 있잖아."

아레이의 말에 야스카와가 사뭇 심각한 표정으로 보탰다.

"쥐를 해치워 줬는데도 마을 사람들은 피리 부는 사나이에게 약속한 돈을 주지 않았지? 그래서 사나이는 화가 나서 온 마을의 아이들을 데려가지 않았었나?"

"엥, 유괴했나요? 마을 아이들을? 피리 부는 사나이가? 그거 범죄잖아요!"

하루코는 분개했지만, 이나미는 가벼운 톤으로 답했다.

"맞아. 피리 부는 사나이는 피리 소리로 아이들을 꾀어 산속으로 들어갔고, 그 뒤로 사나이도 아이들도 돌아오지 않았어. 모두 자취를 감춰 버렸지."

"나쁜 놈이네!"

Q가 마뜩잖은 듯이 말했다.

아레이는 꿀꺽 숨을 삼켰다. 아까 이나미의 말을 들었을 때 머리에 떠오른 불길한 생각이 무겁게 가슴을 짓눌렀다. 참지 못하고 아레이는 그 생각을 내뱉었다.

"갈아탄 거지? 황천귀가 쥐에서 아이들로…… 갈아탔다는 말이지?"

그 말에 모두 헉하고 놀랐다. 아레이는 말을 이었다.

"쥐 떼가 물에 뛰어들어 죽기 전, 쥐에서 아이로 갈아탄 황천귀가 있었던 거야. 그래서 피리 부는 사나이…… 즉, 깃든이는 황천귀가 숨어든 아이들을 데리고 사라질 수밖에 없었던 거고······. 맞지?"

잠깐의 침묵 뒤, 이나미는 "딩동댕." 하고 말하며 어둡게 웃었다.

"역시 아레이. 참 잘했어요오!"

일부러 밝게 보이려는 듯했지만 이나미의 눈은 웃고 있지 않았다.

"유일하게 황천귀가 사람에게 올라탔다고 전해지는 사례야. 벌써 700년도 더 전의 이야기고 어디까지 사실인지는 몰라. 하지만 깃든이 사이에서는 황천귀가 얽힌 사건이었다는 게 통설이야. 실제로 이 하멜른 사건 이후, 유럽에서는 흑사병이 대유행했으니까. 먼저 불길한 징조가 있고 황천 고치가 찢어졌다는 거지."

그때도 진 건 천신 쪽이었군······.

아레이가 생각에 잠겼다.

이나미는 말했었다. 반복되는 천신과 황천귀의 대결에서 우위에 선 건 대부분 황천귀 쪽이라고. 깃든이들은 불리한 싸움을 하고 있다는 사실을 잊지 말라고.

알고는 있었지만 받아들이기는 괴로웠다. 이제부터 그 황천귀를 봉인하는 데 직접 나서야 했기에 더욱 그랬다.

"아아, 이럴 순 없어······"

망가진 스쿠터를 일으켜 세우면서 이나미가 한숨 지었다.

놀랍게도 하루코가 쓰러트린 거대한 멧돼지는 온데간데없었다. 스쿠터보다 멧돼지의 가죽이 더 강했는지, 멧돼지는 충격에서 몸을 추스르고 산으로 돌아갔나 보다.

너덜너덜한 스쿠터를 보고 하루코가 민망해하며 어깨를 움츠렸다.

"큼, 어쩔 수 없었다고요. 그걸 안 던졌으면 다들 엄청 위험했을 테니."

"다른 것도 있었는데 왜 하필 내 스쿠터냐고오!"

이나미의 울 듯한 외침에 하루코가 변명에 나섰다.

"자전거는 던져 봤자 멧돼지에게 타격이 없잖아요. 스쿠터가 더 무거우니까……."

"하루코, 복수한 거 아냐?"

Q가 답삭 아레이와 같은 의문을 입에 올렸다.

"네? 복수라니요? 뭘요?"

시치미를 떼며 하루코가 고개를 갸우뚱했다.

"이나미가 네 가방을 불살랐다고 복수한 거 아니냐고."

"에이 무슨."

하루코는 생글생글 웃으며 고개를 살래살래 흔들었으나 어딘가 거짓말 같았다.

"설마 그럴 리가요."

"복수 맞네에!" 하고 이나미가 억울한 표정을 짓자 야스카와가 옆에서 냉큼 끼어들었다.

"자, 자! 동료를 의심하는 건 노답이라고."

아레이는 어이가 없어 야스카와를 보았다.

"그럼 넌 완전 노답이네? 실컷 동료를 속였잖아. 왜 여태 깃든이라는 걸 숨긴 거야?"

"타이밍, 타이밍!"

야스카와는 넉살을 떨며 아레이 말을 받았다.

"가장 완벽한 타이밍을 재고 있었다고. 주인공은 괴로운 법이야. 여러모로 신경 쓸 게 많으니까."

"뭐? 주인공? 고양이가?" 하고 Q가 말하자 야스카와가 "누구더러 고양이래." 하고 되받았다. 그런 둘을 보며 아레이는 절레절레 고개를 흔들 뿐이었다.

"야스카와는 어떻게 그라운드로열에 있었던 거야아?"

이나미가 물었다.

"천신한테 메시지를 받았어?"

"응. '오라.'라고 부르길래."

야스카와가 끄덕였다.

"이유는 모르지만 하도 부르니까 어쩔 수 없이 나와서 이끄는 대로 걸었더니 여기잖아. 내가 일등이었어."

"그렇구나." 하고 끄덕이며 이나미는 말했다.

"히카루가 음악으로 듣고 피코가 미래로 본 것과 똑같은 메시지를 야스카와는 뇌 속 전류 신호로 감지했다는 거네."

히카루가 시비 걸듯이 이나미에게 말했다.

"신은 왜 이렇게 계속 재기만 하는 거야? 지령을 내릴 거면 더 명확히, 알기 쉽게 말하면 덧나?"

마치 그게 이나미의 책임이라도 된다는 듯이 히카루는 질문을 퍼부었다. 이나미는 그런 히카루를 재미있다는 듯이 바라보며 "헤헤." 하고 웃음을 터트렸다.

"그건 천신 탓이 아닌걸. 우리의 용량 문제니까……."

"용량?"

히카루가 성내듯이 되물었다.

이나미는 끄덕거리며 말을 이었다.

"그래애. 천신의 말을 제대로 이해하기에는 우리 인간의 용량이 작다는 말. 천신은 분명 여러 가지 수많은 정보를 우리에게 보내고 있어. 하지만 우리는 그 정보를 처리할 능력이 없어. 왜, 컴퓨터도 용량이 부족하면 아무리 좋은 소프트웨어라도 쓸 수가 없지이? 그거랑 같아. 고양이랑은 복잡한 대화를 나눌 수 없잖아? 간단한 말이나 지시는 이해시킬 수 있어도 정치, 경제나 문화, 역사에 관해서는 논할 수 없지. 고양이의 이해력이 인간의 수준과 다른데 어쩌겠어. 즉, 우리가 천신의 말을 이해하려고 하는 일은 고양이가 인간의 말을, 아니 등에가 인간의 말을 이해하려고 하는 것만큼이나 어려운 일인 거야아."

"그럼 천신의 계획을 우리가 제대로 모르는데 어떻게 실행할 수 있어?"

히카루가 불만을 토해 내도 답할 수 있는 사람은 없었다. 이나미도 잠자코 있었다.

"일단……." 하고 입을 연 사람은 Q였다.

"나 세탁소 갈래. 너무 늦으면 누나한테 혼나서."

"나도 아저씨 속에 숨기 전에 이 스쿠터, 수리를 하든 어떻게든 해야겠어."

이나미가 던진 원망의 눈빛을 싹 무시하고 하루코가 이어서 중얼거렸다.

"나도 집에 갈래요."

"아……. 플루트 케이스."

히카루는 스쿠터와 함께 날아간 케이스를 주우러 갔다.

"아, 배고파."라는 야스카와의 말에 아레이는 오늘 시리얼 말고 먹은 게 없다는 사실을 떠올렸다. 그러나 이제 와 점심을 먹고 싶은 마음은 들지 않았다.

"안녀엉!"

이나미가 헬멧을 쓰고 너덜거리는 스쿠터에 올라탔다. 겉모양은 처참했으나 그래도 기침하듯 쿨럭거리는 소리와 함께 스쿠터에 시동이 걸렸다. 엔진은 무사한가 보다. 덜컹덜컹, 달칵달칵 비명을 지르며 멀어져 가는 스쿠터를 아이들은 그라운드로열 앞에서 배웅했다.

바람에 흔들리며 나무들이 술렁였다. 어딘가에서 직박구리
들이 지저귀는 소리가 났다.

천신은 지금도 깃든이들에게 말을 건네고 있을까?

생각에 잠기며 아레이는 눅눅한 오후의 바람을 가슴으로 들
이마셨다.

디데이

체험학습 다음 주, 장마철이 돌아왔다. 추적추적 지척지척 내리는 비가 몸속까지 스며드는 듯해 찌뿌둥했다.

월요일에 학교에 가 보니 이나미는 완벽히 선생님으로 돌아와 있었다.

"아레이."

아레이가 흠칫 놀라 어깨를 들썩이자 이나미 선생님은 무언가 살피듯이 아레이 얼굴을 바라보고 있었다.

"토요일에 전화했었지?"

그랬다. 아레이는 피코를 만난 후 이나미 선생님 번호로 전화를 걸었다. 깃든이 이나미를 불러내려고……. 어쨌든 아홉 살 이나미가 전화 너머로 나왔기에 그 후로 선생님의 기억은 끊겼다는 뜻이 된다.

"네. 맞아요."

아레이는 신중히 끄덕였다. 아레이의 전화를 받은 것까지는 당연히 선생님도 기억하고 있을 테니 거짓말은 할 수 없었다.

"무슨 일로?"

선생님이 물었다. 아레이가 답을 생각하느라 입을 다물자 이나미 선생님은 어물쩍 넘기듯이 "하, 하, 하." 하고 웃었다. 관자놀이 주변이 움찔움찔했다.

"그저께 정신이 좀 없었는데 그 와중에 너한테 전화가 와서. 그러다 보니 깜빡하고…… 용건을 못 들은 것 같구나. 뭐 중요한 일이었니?"

쩔쩔매는 이나미 선생님이 딱했다.

"아니요." 하고 아레이가 고개를 가로저었다.

"막바지에 저희가 말썽을 피워서 선생님께 죄송하다고요. 그 말씀 드리려고 했어요."

"아…… 막바지 말썽 말이지. 고, 고맙구나……. 나야말로 경황없어서 미안했네. 너희 이야기도 제대로 못 듣고."

이나미 선생님은 지나치게 허둥댔다. 그야 그럴 거다. 기억이 없을 테니까.

금요일과 토요일 이틀간 군데군데 날아간 기억 때문에 이나미 선생님은 어떻게 해야 할지 몰라 불안해 죽을 지경일 것이다. 게다가 스쿠터가 박살 난 것까지 봤다면 스스로도 모르는 사이에 무슨 일을 저질렀나 싶어 충격받았겠지. 아마 선생님은 잃어버린 기억을 되찾을 실마리가 필요해서 아레이에게 질문을 던졌을 것이다.

아홉 살 이나미가 스쿠터 수리는 잘했으려나?

선생님 속에 숨은 또 한 명의 이나미를 꿰뚫어 보려는 듯이 아레이는 잠시 선생님의 눈을 쳐다보다가 금세 시선을 피했다. 아홉 살 이나미가 밖을 엿보며 히죽댈 것만 같았다.

이번 주는 내내 비가 오락가락하며 끄물거리는 날씨인 데다 금요일에는 단원평가가 있었다. 시험 때문에 동아리 활동도 잠시 중단되어서 아레이는 시간이 남아돌았다. 고작 다섯 과목 시험을 본다고 왜 동아리를 쉬어야 하는 건지 이해되지 않아 화가 났다.

시험 과목은 국어, 수학, 사회, 과학, 영어. 7학년 이상 아이들 사이에는 시험 분위기가 감돌았다.

히카루는 형광펜으로 밑줄 친 사회인지 과학인지 모를 요점 정리 유인물을 암기하는 데 열중하는 듯했다. Q는 교실 구석에서 마구잡이로 문제를 냈다.

"자, 자! 최초의 인류는 언제, 지구의 어디쯤에서 나타났을까요?"

히카루는 못 들은 척했다.

"야, 아레이. 알아? 최초의 인류 말이야."

Q가 콕 집어 말하기에 아레이는 마지못해 대꾸했다.

"현재까지 발견된 가장 오래된 인류, 정확히 말해 영장목 사람과 화석은 2001년 차드에서 발굴된 사헬란트로푸스 차덴시스야. 대략 700만 년 전 아프리카에 살았다고 해. 그전까지는 320만 년 된 오스트랄로피테쿠스 아파렌시스 화석을 가장 오래된 인류라고 생각했는데, 새 발견으로 고고학의 역사가 다시 쓰였어."

아레이가 말을 마치자 Q는 5초간 침묵했다. 잠시 후 정신이 들자 숨을 들이쉬며 "뭐, 맞겠지." 하고 다음 문제로 옮겨 갔다.

"그럼 이슬람교가 창시된 건 몇 년일까요?"

"뭐야, 700만 년 전에서 단숨에 7세기로 건너뛰기냐……?"

아레이가 기가 막혀 묻는데, 옆에서 히카루가 짜증스럽게 고개를 홱 들었다.

"제발 좀! 둘 다 조용히 외우든가 나가서 해! 시끄러워서 집중이 안 되잖아."

아레이는 욱했다.

"둘 다라니, 난 아니라고……"

Q가 아레이의 말허리를 자르고 입을 열었다.

"히카루, 뭐 외워? 아, 과학이구나. 내가 문제 내 줄까? 서로 내 주자!"

"됐어! 부탁이니까 조용히 좀 해. 안 그래도 머리 아파 죽겠는데!"

시험을 앞두고 찬바람을 일으키는 히카루에게 기죽은 건지 아니면 문제를 내는 데 질린 건지 Q는 조용해졌다. 아레이도 읽던 소설책으로 눈길을 떨어트렸다. 이미 읽은 책이어서 내용이 전부 머릿속에 들어 있지만 한 번 더 읽어 보고 싶었다.

열어젖힌 교실 창밖에는 촉촉이 비가 내렸다. 고요하다. 어째서 빗소리가 나지 않을 때보다 빗소리로 가득 찼을 때가 더 고요하게 느껴질까?

아레이는 책에서 눈을 들어 힐끗 창밖을 봤다. 구름으로 뒤덮인 어둑한 하늘은 그림자계를 연상케 했다. 지금 이 순간에도 그림자계는 서서히 부풀고 있을까? 이나미는 체험학습 갔던 날, 황천 고치가 찢어지기까지 앞으로 2주 정도 남았을 거라고 했다. 그날 이후 벌써 5일이 지났다.

이제부터 어떻게 하면 될까? 앞으로 무슨 일이 일어날까?

이 문제를 생각하자 히카루처럼 머리가 아파 왔다. 아레이가 흘린 깊은 한숨은 빗소리에 씻겨 사라졌다.

금요일 단원 평가, 아레이는 답안지에 일부러 오답을 써넣기를 그만두었다. Q에게도 히카루에게도 선생님 속에 있는 이나미에게도 기억력을 들킨 이상, 그런 잔머리는 의미가 없다고 생각해서였다. 그 결과, 다음 주에 성적표를 받아 보니 수학 한 문제 빼고는 틀린 게 없었다. 수학은 시시한 계산 실수로 3점 감점이었다.

Q는 당연히 수학은 만점이라 "아레이를 이겼다!" 하며 기뻐했다. 국어에서 고득점을 받은 히카루는 나머지 교과목도 그런대로 괜찮은 듯했으나 어째 수학만은 최악이었던 모양이다.

"히카루, 몇 점 받았어?"

만점자 Q가 희희낙락 묻자 히카루는 미간을 확 구기며 세상에 종말이라도 온 듯한 얼굴로 Q를 보았다.

"말 안 해."

"말해 줘!"

Q가 입을 삐쭉거렸다.

"난 국어도 과학도 사회도 점수 다 알려 줬잖아."

"알려 달라고 한 적 없거든."

히카루의 단호한 대답에 Q는 손을 번쩍 들고 물었다.

"선생님, 수학 반 평균 알려 주세요!"

"알려 주지 마세요!"

당황한 히카루가 뒤이어 외쳤다.

수학 담당 선생님은 반 평균을 밝히지 않았다. 세 명뿐인 반에서 평균을 밝히는 순간, 히카루의 점수가 까발려질 테니까.

뜻밖이었던 건 Q의 다른 과목 점수가 생각보다 나쁘지 않았다는 점이다. 영어는 68점이나 받았다. 돌아서면 까먹는 기억력과 형편없는 수업 태도를 생각하면 이보다 더 바닥을 기는 점수를 받아도 이상하지 않은데.

아레이는 신기했다.

"영어 단어를 어떻게 외웠어?"

아레이가 이렇게 직설적으로 묻는 일은 드물었다. 무례한 질문이니까. 하지만 어떻게 Q가 'vacation'이나 'traditional' 철자를 외울 수 있었는지 궁금해서 참을 수 없었다.

Q는 신경 쓰는 기색 없이 명쾌하게 대꾸했다.

"알파벳은 26개뿐이잖아. 그러니 숫자로 치환해서 외우면 쉬워. pen은 16, 5, 14. vacation은 22, 1, 3, 1, 20, 9, 15, 14. 봐! 외웠지?"

Q는 Q답게 노력하고 있구나. 사람은 다 자기만의 방식이 있는 거야…….

아레이는 감탄하며 Q를 바라봤다.

그때 아주 어렴풋이, 무언가가 아레이 마음속에서 머리를 쳐들었다. 신경 쓰이는 무언가. 마음에 걸리는 무언가. 아주 중요한 무언가가…….

그러나 붙잡을 새도 없이 사라지고 말았다. 아무리 잡으려고 해도, 떠올리려고 해도 더는 무리였다. 손가락 사이로 빠져

나가 물속으로 가라앉은 조약돌처럼 이제 주울 수 없었다.

뭐였지……?

답답한 심정으로 스스로에게 물어도 답은 돌아오지 않았다. 빗소리만 잠잠히 울렸다.

이렇게 그 주는 지나갔다.

고요한 일상 속에 있으니 닥쳐오는 위기를 잊을 수 있을 것도 같았다. 하지만 잊을 만하면 떠올라서 불안이 심장을 꽉 움켜쥐었다. 요즘 계속 이런 마음이 되풀이돼서 아레이는 밤잠을 설쳤다.

황천 고치가 찢어질 날까지 앞으로 며칠 남았을까? 천신은 어떤 타이밍에 깃든이들에게 황천귀를 봉인하라고 할까? 그 타이밍을 알 방법이 있을까?

이대로 깃든이들끼리 계속 접촉하지 않는다면 천신의 황천귀 봉인 계획을 피해 갈 수 있을지도 모른다. 그러나 그 뒤에 세상에 덮쳐 올 커다란 재앙을 생각하자 가슴이 답답해졌다.

왜 하필 나야! 왜 우리야!!

신은 공정하지 않은 것 같다. 부조리한 것 같다. 화가 치밀었다.

선택받았지만 기대에 부응하지 못하면 어쩌지? 천신의 계획을 실행하다니, 정말 그 큰일을 우리가 할 수 있을까…….

아무리 생각해도 답은 돌아오지 않았다.

장마철의 하늘처럼 아레이 마음속에도 먹구름이 내내 낮게 드리워 있는 것 같았다.

내리 오던 비는 현장체험학습으로부터 2주가 지난 금요일 새벽에 겨우 그쳤다. 해가 떠 안개가 걷히자 미래신도시 위에 푸른 하늘이 돌아왔다.

기온이 오르기 시작하니 활짝 연 창문을 통해 비 갠 뒤의 축축한 공기가 열기를 품은 바람이 되어 불어왔다. 2교시 때 운동장 벚나무 길 어딘가에서 올해 첫 매미가 울기 시작했다. 히카루가 흠칫 놀라 창밖으로 눈길을 던졌다.

그날 방과 후, 육상부는 모처럼 운동장으로 나왔다. 지난 2주간 시험 준비로 활동을 못 했고, 궂은 날씨 때문에 실내에서 기초 훈련만 하다가 오랜만에 밖으로 나오니 다들 들떴다. 먼저 육상부와 탁구부가 함께 운동장을 정비했다. 비가 와서 지워진 트랙 선을 새로 긋거나 아직 남아 있는 커다란 물웅덩이에 흙을 부어 다졌다.

9학년은 보이지 않았다. 수요일부터 2박 3일 동안 수학여행을 간 것이다. 단둘이 가는 수학여행은 어떤 느낌일까 싶지만 의외로 재미있겠다는 생각도 든다. 수학여행을 다녀오면 2주 후에 기말고사가 시작되고, 9학년은 슬슬 고교 입시를 위해 본격적으로 학업에 매진해야 한다.

흰색 선을 선명하게 그은 트랙을 아레이는 마냥 달렸다. 몇 바퀴고, 몇 바퀴고, 몇 바퀴고……. 달리고 있으니 가슴속에 맺힌 불안이 얼마간 엷어지는 기분이었다. 하지만 마음이 깨끗이 비워지지는 않았다. 히카루가 연주했던 멜로디가 자꾸만 되살아났다. 어째서 그 멜로디에 익숙한 건지, 수수께끼였다.

몇 바퀴나 달렸을까. 정문 옆 벚나무 근처에서 또 성마른 매미의 울음소리가 들렸다.

여름이 오는구나.

아레이는 잠시 트랙에서 눈을 들어 학교 건물을 우러러보았다. 그때 서쪽 본관 3층 발코니로 누군가 나왔다. 몸을 내밀다시피 기울여 아레이 쪽을 보고 있다.

히카루?

어쩐지 가슴이 덜컥한다. 걸음이 흐트러지고 초조한 기분이 들었다.

다시 트랙으로 시선을 돌리려는데, 시야 한구석에 얼핏 작은 사람 그림자가 걸렸다. 정문 옆 담벼락 쪽이었다.

"피코?"

결국 달리기를 멈춘 아레이는 조그맣게 중얼거리며 1학년 피코 곁으로 다가가려고 트랙을 벗어났다.

피코는 그저 물끄러미 아레이를 보고 있었다.

"보였어"

피코가 그렇게 말한 순간.

"시작될 거야."

또 하나의 목소리가 머릿속에 울렸다. 고양이…… 아니, 야스카와의 목소리였다.

흠칫 뒤돌아 주위를 살피자 운동장 동쪽 끝에 선 야스카와가 보였다. 탁구부 달리기 행렬에서 이탈해 아레이와 피코를 보고 있다.

달리던 Q에게도 그 목소리가 닿은 모양이다. Q는 트랙 중간에 멈춰 서더니 야스카와를 돌이켜 보고는 아레이를 향해 질문하듯 시선을 던졌다.

아레이는 한 번 더 본관 3층으로 눈을 들었다.

히카루에게도 이 목소리가 닿았을까?

3층의 사람 그림자는 둘이 되어 있었다. 음악실 발코니다. 히카루와 하루코가 한 걸음 떨어져 서 있었다.

중앙 현관에서 운동장으로 이어지는 계단을 누군가가 내려왔다. 이나미 선생님이었다.

운동장에 뚝뚝 흩어져 서 있는 아레이와 Q, 야스카와. 아이들 쪽으로 다가오는 이나미 선생님. 담벼락 밖의 피코. 발코니의 히카루와 하루코.

일곱 깃든이가 지금 이곳에 있었다.

"8학년 아레이, 큐샤, 7학년 야스카와. 세 사람 잠깐 집합!"

이나미 선생님이 새된 목소리로 그렇게 외쳤을 때 하교를 알리는 교내 방송이 흘러나왔다. 종소리가 스피커에서 넘쳐 운동장 공기를 뒤흔들었다.

"나머지는 하교 준비!!!"

크게 외치며 걸어오는 이나미 선생님과 반대 방향으로 학생들이 뛰어 들어갔다.

Q와 야스카와, 피코까지 합해 다섯 명이 정문 옆으로 모였을 때 이나미 선생님이 야스카와에게 물었다.

"어떤 메시지를 받았어?"

선생님이 아니라 아홉 살 깃든이 이나미였다.

야스카와는 깃든이들의 얼굴을 둘러보며 입을 열지 않고 머릿속으로 직접 천신의 메시지를 보내왔다.

"조만간 황천귀를 보낼 때가 오느니라.

깃든이는 준비하라. 준비하고 기다리라."

Q가 재빨리 물었다.

"조만간이 언젠데?"

"몰라."

야스카와가 소리 내어 대답하며 어깨를 으쓱했다.

"언제 받았어? 메시지?"

이나미가 야스카와에게 물었다.

"조금 전. 운동장을 달리던 중에. 아, 근데 2교시 때도 한 번 신호가 살짝 왔던 것 같아. 금세 끊겼지만……"

이나미는 야스카와를 보던 눈을 담벼락 너머의 피코에게 돌렸다.

"피코느은? 뭘 봤어?"

어린이 버전 이나미를 처음 봤을 텐데 피코는 딱히 놀라지 않은 듯했다. 그저 나지막한 목소리로 이나미의 질문에 대꾸했다.

"달님이랑 문."

하교 방송은 이제 그쳤다. 살짝 기운 해가 운동장을 비추고 눅눅한 바람이 트랙 위를 스쳐 갔다. 담벼락 옆 벚나무 우듬지가 불안하게 흔들렸다.

"뭐야 그게? 달님이랑 문?"

고개를 갸우뚱하는 Q를 맞바라보며 피코가 툭 말했다.

"문은, Q 형이 여는 거야."

"엥? 나? 내가 연다니 무슨 소리야?"

Q가 물은 그때, 탁탁 발소리를 내며 누군가가 달려왔다.

히카루와 하루코다.

"선배!"

하루코의 부름에 Q만 손을 흔들어 답했다.

부랴부랴 뛰어온 히카루는 이나미를 보고 일순간 주춤했다. 어떤 이나미인지 몰라서 그런 듯했다.

"아홉 살 이나미야."

145

아레이 말에 히카루는 그제야 안심한 듯 입을 열었다.

"아까 천음이 들렸어. 오전 수업 때도 언뜻 들린 것 같았는데 금방 끊겼고. 아까는 멜로디가 길길래 신경 쓰여서⋯⋯. 지금은 사라져 버렸지만."

하루코는 담벼락 밖에 있는 피코를 보고 갸우뚱했다.

"왜 다들 모여 있어요? 피코까지? 이러면 깃든이 총출동이잖아요."

"메시지를 받았거든."

이나미가 말했다.

"아마 히카루가 천음을 들은 것과 같은 타이밍에 야스카와는 신호를 감지했고, 피코는 미래를 본 것 같아."

히카루와 야스카와, 피코가 서로 시선을 주고받았다.

"슬슬 황천귀를 땅속으로 보낼 때가 오는 거야아."

이나미 말에 모두 조그맣게 숨을 삼켰다.

물론 다들 그날이 가깝다는 건 알았다. 그러나 막상 말로 내뱉어지자, 날카로운 칼로 가슴을 후벼 파는 듯 찌릿했다.

학생들이 나오기 시작했다. 아이들은 하교의 물결을 피해 정문 앞에서 운동장 구석 쪽으로 자리를 옮겼다. 피코도 그제야 학교 안으로 들어왔다.

오늘 피코는 조용했다. 여느 때처럼 까불거나 떠들지 않았다. 모두에게서 확실히 거리를 두고 진지한 표정으로 따라왔다.

피코에게 이나미가 물었다.

"피코, 어떤 달을 봤어? 초승달? 반달? 아니면 보름달? 땅에 그려 봐."

피코는 그 자리에 쭈그려 앉아 뾰족한 돌멩이를 하나 주워 들고 바닥을 득득 그으며 달을 그렸다.

거의 보름달 같았지만 완전히 동그랗진 않았다.

이나미가 그림을 내려다보면서 입을 열었다.

"아마 피코가 본 장면은 황천귀를 봉인하는 날에 대한 힌트일 거야아. 달이 차고 기우는 정도를 보고 날짜를 세는 건 오랜 풍습이니까. 문은 분명 황천귀를 봉인하기 위한 천문을 말하는 거고오."

히카루가 긴장한 표정으로 입을 뗐다.

"달이 이런 모양이 되는 날에 황천귀 봉인이 이루어진다는 뜻이야?"

이나미가 끄덕였다.

"그래애. 우리가 그림자계로 가는 날이지."

"그래서 그게 언젠데?"

Q의 질문에 아레이가 대꾸했다.

"어젯밤은 피코가 그린 달과 반대로 볼록한 달이 떴으니까 오늘 밤은 좀 더 원에 가까운 달이 떠. 피코가 그린 달은 보름달이 하루이틀 기운 모양이야. 그러니 모레쯤 뜨겠지."

"읔, 그렇게 빨리?"

야스카와가 신음했다.

"저기……."

하루코가 우물쭈물 이나미에게 물었다.

"패스도 되나요? 그야 서로 붙지 않으면 그림자계로 들어가지 않을 테니 우리끼리 조심만 하면 패스도 가능하다는 거잖아요. 내일이랑 모레는 토요일, 일요일이고 마침 쉬는 날이니까 굳이 서로 만나지 않으면 그 황천귀 봉인을 안 해도 된다는 거죠?"

이나미는 얼음장같이 차가운 눈으로 하루코를 봤다.

"말이 되는 소리를 해."

잠시 뜸을 들인 이나미는 모두의 얼굴을 천천히 둘러보며 입을 열었다.

"지금까지와 같지는 않을 거야. 그걸 설명하려고 특별히 나왔으니까 잘 들어 둬."

거드름 피우며 말하는 이나미가 못마땅했지만 아이들은 잠자코 귀를 기울였다. 이나미는 아이들의 얼굴을 한 번 더 둘러보고 천천히 설명했다.

"이제 곧 황천 고치가 찢어져. 찢어지면 수많은 황천귀가 이 세상으로 튀어나와 재앙이 덮치겠지이. 그렇게 되기 전에, 고치가 찢어지기 직전에! 천신은 우리 깃든이를 그림자계로 보낼 거야."

잠깐 말을 끊은 이나미가 다시 이야기를 이었다.

"황천귀가 단 몇 시간, 모든 움직임을 완전히 멈추는 때가 있어. 햇빛에 완벽하게 버틸 수 있도록 최종 형태를 갖추는 준비 기간인데, 곤충으로 치면 번데기와 같은 상태지이. 이 순간이 우리에게 최고의 기회야."

모두 숨을 죽이고 들었다. 이나미는 아이들을 내려다보며 다시 떠들기 시작했다.

"천신은 그 타이밍에 우리를 그림자계로 보낼 거야. 황천귀의 방어가 허술할 테니까아. 그러면 깃든이끼리 접촉하는 눈속임을 하지 않아도 우리를 그림자계로 쉽게 보낼 수 있어."

"엇?!"

하루코가 퍼뜩 놀라 입을 열었다.

"우리가 서로 붙지 않아도 들어간다고요? 혼자여도?"

"그래."

이나미가 단호히 끄덕였다.

"그러니까 학교를 쉬는 날이어도 소용없어. 패스 따위 불가능하다고오. 천신이 그렇게 호락호락할 거 같아?"

야스카와가 끼어들었다.

"언제 어디서 보내질지 모른다면 엄청 곤란하잖아. 목욕하거나 자는 중이면 어쩔 건데?"

"먼저 예고가 있어."

이나미의 말에 이번에는 히카루가 물었다.

"예고라면 청동 거울이 나타나기 전의 벼락처럼?"

"경우에 따라 달라."

이나미는 설명을 계속했다.

"마른하늘에 별안간 큰 날벼락이 칠 때도 있고 태양 주변을 둥근 무지개가 에워싸기도 해. 한 나무에만 꽃이 피는가 하면 반대로 잎이 진 적도 있대애. 곧 예고가 있으리라고 생각하고 정신 차리고 있으면 절대 놓치지 않을 테니까 괜찮아."

불안해하는 모두를 둘러보며 이나미는 뒷말을 이었다.

"예고가 있으면 그림자계로 들어갈 준비를 할 것. 다들 알고 있겠지만 몸에 지닌 물건만 그림자계로 가져갈 수 있어. 청동 거울이나 플루트 같은 건 미리 챙겨 둬. 예고가 있은 후로부터 보통 몇 시간 이내에 그림자계로 가게 돼. 빠르면 한 시간도 안 걸린다고도 하고요."

마치 학급 조회 시간에 공지하듯 담담한 말투로 이나미가 일렀다.

그래서 오늘 체육은 운동장에서 하나요? 하고 묻고 싶을 지경이네.

아레이는 현실과 동떨어진 상황을 따라잡기 어려운 나머지 마음속으로 조그맣게 빈정거렸다.

"아무튼 예고가 있으면 준비해서 모두 학교 정문 앞으로 집합하자아."

이나미의 말에 하루코가 또 질문을 얹었다.

"그러니까……. 아침이든 점심이든 어쩌면 한밤중이라도 집합한다는 뜻인가요?"

"그래. 지금 그렇게 말했잖아?"

이나미는 같은 말을 두 번 하게 해서 짜증 난 모양이었다.

"피코도?"

히카루가 걱정스러운지 힐끗 피코를 보며 물었다. 이나미도 잠깐 피코에게 시선을 준 뒤 입을 열었다.

"피코는 내가 데려올게에."

피코는 얌전히 있을 뿐 아무 말도 하려 하지 않았다. 평소의 산만하고 장난기 많은 피코와는 완전히 딴사람 같았다. Q가 걱정되었는지 우두커니 서 있는 피코에게 말을 붙였다.

"피코, 괜찮냐? 너 어디 안 좋아?"

대답한 사람은 피코가 아닌 이나미였다.

"우리 중 천신과 제일 동화하기 쉬운 존재여서 그래. 신은 늘 어린 자를 아끼지. 피코는 봉인 계획을 위해 천신이 보여 주는 중요한 장면을 받을 준비에 돌입한 거야아."

피코는 여전히 가만히 서 있을 따름이었다.

"그림자계로 들어간 뒤에는 어떻게 돼? 뭘 하면 되는데?"

아레이가 묻자 이나미는 태연한 얼굴로 대답했다.

"구체적인 건 들어가 보지 않고서는 몰라아. 그때그때 다르니까. 하지만 큰 순서는 같아. 먼저 땅속으로 통하는 천문을 열고 그 안으로 황천귀를 보낸 뒤 문을 닫는다. 이뿐이야."

"이뿐이라니! 아무것도 모르겠는데?!"

야스카와가 못마땅하다는 듯이 투덜거렸지만 이나미는 본척만척했다.

아레이 가슴속에서 불안이 부풀어 갔다. 천신의 계획 전부는 아니더라도 윤곽이라도 파악해야 할 텐데. 제대로 알지도 못하는 상태로 무작정 그림자계로 보내져서 대체 무얼 할 수 있다는 걸까?

"만약 실패하면? 잘못되면 어떻게 되는데요?"

하루코가 물었다.

이나미가 물끄러미 하루코를 보았다. 아레이는 그 눈에 스며 있는 어둠의 깊이에 등골이 서늘했다.

"60여 년 전, 우리 할아버지는 황천귀를 봉하는 데 실패했어. 황천 고치는 찢어지고 그 땅에 커다란 재앙이 덮쳤지. 그때 할아버지와 함께 남아시아의 그림자계로 들어갔던 깃든이 중에는 돌아오지 못한 사람도 있었대. 할아버지는 내내 그 일을 마음에 담아 두셨어."

아레이의 머릿속에서 순간, 까만 구렁이에게 먹히는 히카루의 모습이 플래시백 됐다. 너무나 또렷한 기억에 식은땀이 터져 나오고 심장이 쿵쾅거렸다. 만일 그때 그대로 히카루가 그림자계에서 다시 돌아오지 못했다면 아레이는 분명 죽을 때까지 수백 번, 수천 번도 더 그 장면을 재생하면서 내내 힘들어했을 거다.

굳은 얼굴로 입을 다문 아이들을 둘러보며 이나미가 "헤!" 하고 웃었다.

"너무 부정적으로 생각하지는 말자고오, 응?"

그렇게 갈무리하고 또 떠들었다.

"지금쯤 그림자계는 환상이 허물어지기 시작할 즈음일 거야. 그래서 이제 우리가 들어갈 그림자계는 여태까지처럼 모든 게 현실 세계와 똑 닮아 보이지는 않을 수 있어. 기묘하거나 낯선 부분이 있지이. 환상의 붕괴는 황천 고치가 머지않아 터진다는 증거야."

이나미는 묘한 웃음을 지으며 모두를 보았다.

"자, 드디어 시작이야아. 천문을 열고 황천귀를 그 안에 봉한 뒤 문을 닫는다! 그게 우리의 일이야. 이 일을 위해 우린 여기에 모인 거야."

저녁 바람이 불어 갔다. 일곱 명의 그림자가 석양에 비쳐 운동장에 까맣게 길어져 있다. 마치 일곱 개의 까만 기둥처럼.

이나미가 습한 공기를 크게 들이마시고 모두에게 말했다.

"때가 됐어."

'조만간 황천귀를 보낼 때가 오느니라.

깃든이는 준비하라.'

야스카와가 고한 천신의 메시지가 아레이 마음속에 되살아

났다.

"그럼 이걸로 강의 끝! 이제 기다릴 일만 남았네에."

이나미가 모두를 향해 조그맣게 손을 흔들었다.

"안녕. 예고 후, 정문에서 만나아."

예고

다음 날인 토요일은 아무 일도 없이 지나갔다. 아레이는 그 날 온종일 방에 틀어박혀 집 밖으로 한 발짝도 나가지 않았다. 침대 밑에는 러닝화가 든 작은 배낭을 밀어 넣어 두었다.

한밤중을 지난 무렵 Q와 히카루를 비롯한 아이들에게 메시지가 오기 시작했다.

금요일 방과 후, 주말 사이에 예고가 있으리라는 걸 알았을 때 하루코가 핸드폰으로 연락을 주고받자는 말을 꺼낸 것이다. 물론 이나미와 피코는 빠졌다. 피코는 아직 핸드폰이 없고 이나미와 연락한다는 건 다시 말해 이나미 선생님의 핸드폰으로 메시지를 보내는 셈이 되니 곤란했기 때문이다.

아레이는 처음으로 메신저에 친구 등록이라는 걸 했다. 침대에 드러누워 받은 메시지를 읽었다.

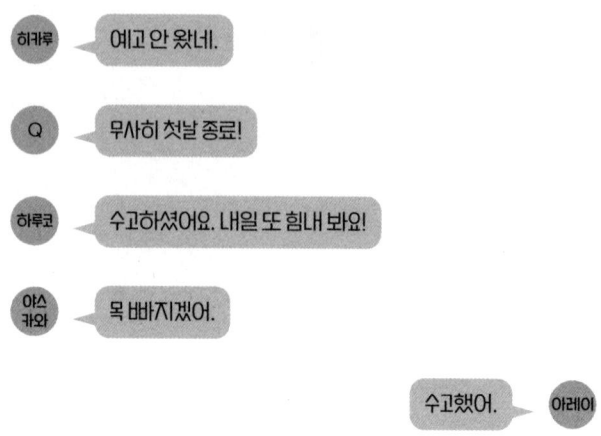

누워도 잠들 수 없었다. 맑은 머릿속에 정보의 파도가 휘몰아쳤다. 온갖 사건의 단편, 글자로 적힌 기록, 낱낱의 장면들……. 누군가가 했던 말이 떠오르고는 사라졌다가 다시 떠오른다. 마치 까물거리는 불빛을 보고 있는 것 같다.

그 깜박거림 속에서 서서히 한 가지 의문이 솟았다. 하루 종일 아레이의 마음에 걸린 무언가가 의식 위로 올라왔다.

내 역할은 뭐지?

두 번째로 그림자계에서 돌아온 뒤에 카오스 고양이에게 들은 말이 되살아났다. 아니, 고양이가 아니라 야스카와가 전달한 천신의 말이라고 해야 정확하겠지만.

천신은 깃든이들을 여는 자와 읊는 자, 연주하는 자와 닫는 자, 보는 자와 아는 자 그리고 고하는 자라고 부른다고 했다.

이 호칭은 천신의 계획에서 각 깃든이가 맡은 역할을 의미할 거다.

연주하는 자라 불리는 히카루의 역할은 천신의 본딧말을 재생하여 천음을 연주하는 일이다.

보는 자인 피코는 미래를 볼 수 있다. 천신과 아이들 사이에 공통 언어가 존재하지 않는 이상, 계획의 세부 사항을 알려면 피코가 보는 장면에 의지하는 수밖에 없다.

고하는 자인 야스카와는 더 큰 흐름을 파악하는 역할을 담당하는 게 아닐까? 감지하는 신호에서 상세한 내용은 알 수 없지만 무언가를 해야 할 타이밍이나 직접적인 명령을 받을 수는 있을 것이다. 이런 천신의 뜻을 알리는 일이 야스카와의 역할일 거다.

프로 깃든이인 이나미는 아는 자로서 황천귀 봉인을 위해 대대로 전해 오는 다양한 지식을 갖췄다.

피코가 문은 Q가 연다고 말했다. 그렇다면 여는 자는 Q다. 그러고 보면 매번 그림자계에서 Q는 탈출구를 여는 데 큰 역할을 했다. 빈틈 속 빈틈을 찾아내면서.

다음에도 천문을 열 열쇠는 Q의 수학 능력이 아닐까.

아레이는 생각했다.

그리고 천문이 열렸을 때, 히카루가 연주하는 천음으로 황천귀는 땅속으로 봉인된다. 그 후 문을 닫는 일은 닫는 자……곧 하루코의 역할이다. 방법은 모르겠다. 하지만 하루코의 능력이 괴력이라는 걸로 봐서 천문을 닫는 데에는 물리적인 힘이 필요한 모양이다.

거기까지 생각하고 언제나 아레이는 벽에 부딪혔다. 같은 의문이 또 떠올랐다.

그럼 내 역할은 뭘까? 난 무얼 하면 되나?

깃든이 한 명 한 명과 그 역할을 엮어 나가면 마지막으로 남는 건 '읊는 자'라는 역할이다. 그러나 무얼, 어떻게 읊으며 그게 천신의 계획 가운데 어떤 의미를 지닌다는 걸까? 도통 알 수 없었다.

시간은 계속 흘렀다. 조바심과 답답함으로 숨통이 막히는 것 같아 아레이는 크게 심호흡했다.

일요일에도 예고는 없었다.

보름달에서 아주 조금 작아진 달이 밤 9시가 넘어 하늘에 떠올랐다.

금요일 이후 장마가 주춤하여 기온은 한여름 수준으로 오르고 있었다. 텔레비전 뉴스에서는 벌써 어느 도시의 한낮 기온이 30도에 육박했다고 했다. '에어컨은 7월부터'라는 암묵적인 규칙 때문에 거실에서 선풍기가 헛되이 후텁지근한 공기를 휘젓고 있었다. 2층에 있는 아레이 방도 한증막처럼 더웠다. 그래도 밤에는 열어젖힌 창문 밖 어둠 너머에서 시원한 공기가 슬며시 들어왔다.

자정을 넘겨 다시 아이들과 연락을 주고받았다.

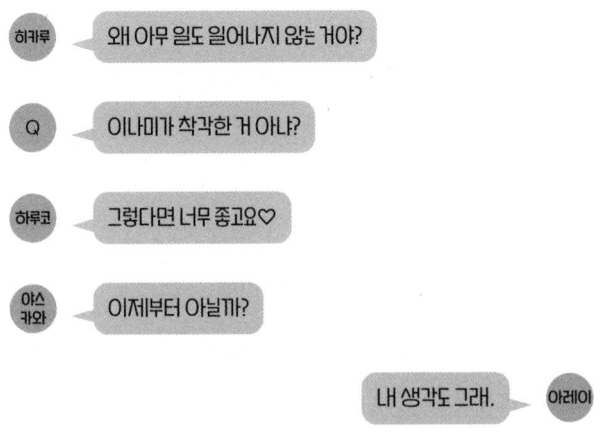

이대로 아무 일도 없이 월요일 아침이 올 것 같지는 않았다. 시각으로 따지면 자정을 지났으니 지금은 이미 월요일이긴 하지만 그건 인간이 정한 규칙일 뿐이다.

천신이 달의 위상으로 결전 날짜를 알리려 한다면, 지금 마을을 감싼 이 밤은 영락없이 피코가 그린 달이 뜬 밤이었다. 아침 햇살이 어둠을 지울 때까지 밤은 이어지는 거니까…….

아레이와 야스카와의 예감은 맞았다.

예고는 그날 밤, 2시 18분에 전달되었다.

침대 위에서 꾸벅꾸벅 졸던 아레이는 6월의 습한 어둠을 흔들며 울려 퍼지는 매미 소리에 놀라 벌떡 일어났다. 한 마리가 아니었다. 여러 마리가 합창하듯이 울어 댔다.

이거다! 이게 예고다!

확신이 가슴에 샘솟았다.

무더운 밤이라고 해도 아직 6월 하순이다. 이 시기의 이런 시각에 일제히 매미가 운다는 건 있을 수 없는 일이다.

그러고 보니 금요일에도 매미가 울었었지…….

아레이는 생각했다. 2교시 수업 중에 짧게 한 번, 그리고 방과 후에 길게 벚나무 우듬지에서 매미가 울었다.

히카루와 야스카와가 천신의 신호를 받았던 타이밍과 겹쳤던 거 아닐까?

흠칫 어깨가 떨렸다.

핸드폰을 보니 이미 다른 아이들에게서 연락이 와 있었다.

야스카와 · 매미가 우는데? 이거 예고 아냐?!

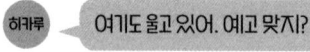

히카루 · 여기도 울고 있어. 예고 맞지?

뭐라고 보내지……?

아레이는 머뭇거렸다.

예고가 전해지고 머지않아 그림자계로 들어가려는 지금, 무슨 말을 하면 좋을까?

'정문에서 보자.'라고 메시지를 보낸 뒤 '조심해.' 하고 써넣었다가 결국 그 진부한 말을 지웠다.

조심해……. 조심해라, 다들.

하지만 속으로는 간절히 되뇌면서 아레이는 침대 밑에서 배낭을 끄집어냈다.

매미 소리가 뚝 그쳤다. 마치 깃든이 모두에게 예고가 닿았다는 걸 알았다는 듯이……. 이제 외마디 울음소리조차 나지 않았다. 어둠과 고요가 주위를 감쌌다.

앞으로 얼마 뒤에 그림자계로 빨려 들어가게 될까? 이나미는 짧으면 몇십 분, 길어도 몇 시간 후라고 했다.

아레이는 배낭에서 러닝화를 꺼낸 뒤 방문을 살짝 열고 가족들의 동태를 살폈다. 바로 옆 아키나 방도 복도 끝의 부모님 침실도 조용했다. 불 꺼진 계단 밑 1층도 잠잠했다.

161

좋아…….

살금살금 방에서 빠져나왔다. 현관에서 러닝화를 신고 살며시 문을 열어 밤 속으로 미끄러지듯 걸어 나왔다.

밖은 캄캄했지만 어둠 속에는 어렴풋하게 새벽이 다가오는 기운이 감돌고 있었다. 공기는 함초롬히 젖어 차갑고 발밑의 풀에는 밤이슬이 내려앉아 있었다. 크게 숨을 들이쉬니 코를 찌르는 흙과 풀 냄새가 가슴속으로 썰렁하게 흘러 들어왔다.

앞으로 세 시간도 안 돼 동이 틀 거야.

아레이는 나오면서 확인한 시각을 떠올리며 계산했다.

오늘은 하지. 일출은 5시 11분 예정. 이것도 천신의 계획 중 하나일까? 하짓날 동틀 녘에 황천귀 봉인 계획이 이루어지는 데에도 무슨 의미가 있는 걸까?

생각에 잠기어 아레이는 매일 학교 갈 때 걷는 길에 오른발을 내밀었다.

주위는 고요했다. 도로를 달리는 차는 보이지 않았다. 자꾸만 깜박깜박하는 사거리의 신호등 밑에서 지잉 하고 벌레가 울었다. 집집의 창문은 새까맣다. 도시 전체가 잠에 빠진 듯했다.

가로등이 내리비치는 학교 정문 앞에서 Q가 홀로 이어폰을 귀에 꽂고 음악을 듣고 있었다. 아레이가 뒤에서 다가오는데도 Q는 전혀 알아채지 못했다. 음악 소리가 꽤 커서 쿵쿵 밖에까지 미세하게 새어 나왔다.

아레이는 Q의 어깨를 치려다 손을 퍼뜩 거두었다. 깃든이끼리 접촉은 금물이니까. 이나미는 황천귀를 봉인할 땐 저절로 그림자계에 들어간다고 했다. 일부러 접촉해 그림자계행을 재촉할 필요는 없었다.

아레이는 가로등 아래로 돌아들어 Q 앞에 섰다.

갑자기 나타난 인기척에 놀란 Q가 몸을 젖히며 "엑." 하고 소리를 질렀다.

"어우, 깜짝이야!"

아레이는 "쉿." 하며 곤히 잠든 거리로 눈을 돌렸다.

"목소리가 너무 커."

드디어 이어폰을 뺀 Q가 속삭였다.

"미안."

Q는 멀뚱멀뚱 아레이를 보며 물었다.

"너, 빈손이야?"

Q는 등에 가방을 메고 있었다.

"거울은 그 안에 있어?"

아레이가 묻자 Q는 끄덕이며 말했다.

"응. 거울이랑 과자 챙겨 왔어."

"과자는 왜?"

"배고플 수도 있으니까?"

엉뚱한 Q의 대답에 아레이는 어이가 없어서 입을 다물었다.

Q가 다시 입을 뗐다.

"앞으로 얼마나 더 있으면 시작될까?"

"글쎄……. 아마 곧 시작되겠지."

제 입으로 꺼낸 말이 아레이 가슴속에 두려움을 싹 틔웠다. 뱃속이 확 차가워지는 듯한, 심장이 꽉 쪼그라드는 듯한 기분 나쁜 감각이 몰려왔다.

곧 그림자계로 빨려 들어간다. 이제 마지막 결전이 코앞으로 닥쳐온다고 생각하자 통증과도 비슷한 공포에 가슴이 뚫릴 듯했다.

"다들 늦네."

거리를 살피면서 Q가 말했다.

아레이는 그동안 묻고 싶었던 질문을 큰마음 먹고 Q에게 던졌다.

"오늘 밤 그림자계로 들어가는 거 누나한테 말했어?"

"말했지."

Q는 담백하게 대답했다.

"누나가 뭐래?"

"조심히 잘 다녀오라던데."

"흐음……."

역시 별난 가족이라고 아레이는 생각했다. 이런 믿기 힘든 일을 모두 숨김없이 누나에게 말하는 Q도 그렇지만, 큰일을 앞두고 평소와 다름없이 평범한 인사를 건네는 Q의 누나도 희한했다.

Q가 약간 어깨를 움츠리고 땅바닥을 쳐다보면서 말했다.

"근네 말이야, 이나미가 했던 말은 하지 않았어."

"무슨 말?"

되묻는 아레이를 힐끗 보며 Q는 어쩐지 마음에 찔린다는 듯이 말을 이었다.

"그림자계에서 돌아오지 못한 사람도 있다는 이야기. 누나가 '괜찮은 거지?' 하고 물었는데 입이 안 떨어지더라고. 이나미, 진짜 분위기 파악 못하지 않냐? 시작부터 기분 잡치는 소리나 하고. 그런 말을 들으면 겁나잖아. 안 그래?"

아레이도 무심결에 끄덕거렸다.

"그렇지."

입을 떼는 순간, 마음속에서 무언가의 뚜껑이 열린 기분이 들었다. 지금껏 간직해 온 생각들이 단숨에 입 밖으로 넘쳐 나오는 걸 아레이는 막을 방도가 없었다.

"내가 돌아오지 못하는 것도 싫지만 제일 겁나는 건, 누군가가 그림자계에서 잘못되면 어쩌나 싶은 거야. 나는…… 평생 잊지 못할 테니까. 지금도 저번에 히카루가 그림자 구렁이에게 삼켜진 장면을 몇 번이고 떠올려. 기억 속 영상이 조금도 바래지 않아. 조그마한 것까지 완벽히 똑같이 재생된다고. 마치 지금 눈앞에서 일어나는 일처럼……"

터져 나온 건 말뿐이 아니었다. 눌러 놓았던 과거의 장면이 봇물 터지듯 아레이 머릿속에 플래시백하기 시작했다.

Q와 둘이 헤맸던 그 적막한 복도, 거대한 외눈박이 그림자의 모습. 하얗게 흐르는 안개에서 솟아난 거품, 그 거품 속에 나타난 눈알. 흐물흐물 녹아내리는 태양의 탑, 숲속을 흐르듯이 기어 온 까만 그림자 구렁이……. 그 구렁이 안으로 집어삼켜진 히카루. 그리고 그보다 훨씬 전의 교실 풍경도…….

초등학교 2학년 때, 5월 12일 점심시간이었다. 아직 작은 아레이와 반 친구들.

그중 한 명이 느닷없이 말을 꺼냈다.

"이상해! 아레이는 정말 이상해."

"이상해."

"맞아, 이상해."

모두 입을 모아 말하기 시작했다. 아레이는 그런 친구들을 불안한 마음으로 바라보고 있었다. 무슨 말을 하는 건지, 뭐가 이상하다는 건지 알 수 없었기 때문이다. 물론 지금이라면 안다. 친구들이 왜 자신을 이상하다고 하는지…….

그때의 아레이는 한 번 본 걸 외우지 못하는 친구들을 이해할 수 없었다. 그래서 집요하게 물었다.

"왜 기억이 안 나?"

"어제 읽었는데 왜 잊어버려?"

끈질기고 끈덕지게 물으며 다녔다. 지금 생각하면 손으로 입을 틀어막고 싶다. 지겹도록 그런 질문을 받으면 친구들이 화가 날 만도 했다.

그래서 그날, 반 아이들 속에 쌓인 불만이 한꺼번에 아레이를 향해 쏟아진 것이다. "이상해.", "이상한 아레이!" 하고. 그중 한 명이 말했다.

"변태! 아레이는 변태래요!"

말을 꺼낸 아이도, 따라 말한 나머지도 변태라는 단어의 뜻은 몰랐을 거다. 그 뜻을 올바로 아는 초등학교 2학년이 있을까? 아레이 말고는. 하지만 아이들은 그 말에 재미를 붙였고, 아레이를 둘러싸고 합창하기까지는 그리 오래 걸리지 않았다.

그때의 공포를 떠올리면 지금도 마음이 서늘해진다. 같이 놀던 친구들이 갑자기 모두 등을 돌리는 순간. 눈앞의 세계가 훅 뒤집히는 듯한, 서 있던 땅이 무너져 내리는 듯한 불안과 공포가 어린 아레이를 덮쳤다.

아레이는 패닉에 빠졌다. 그리고 자신을 지키고자 유일하게 떠오른 행동에 나섰다.

반 아이들 한가운데 서서 홀로 변태의 뜻을, 사전에 쓰인 그

단어의 해설을 주문처럼 계속 외운 것이다. 선생님이 와서 화들짝 놀랄 때까지.

생생하게 되살아나는 과거의 장면에 가슴이 방망이질 쳤다. 아레이는 간신히 머릿속 재생 버튼을 끄고 말을 밀어냈다.

"난 내 기억력, 쓸모없다고 생각해. 신에게 따지고 싶어. 왜 멋대로 떠안기냐고……"

쓸쓸한 듯 말을 내뱉는 아레이를 Q는 종잡을 수 없는 눈으로 바라보며 불쑥 말했다.

"나도 말이야, 그렇게 생각한 적 있어."

"어?"

Q가 탁월한 수학 능력을 원망한 적이 있다니 뜻밖이었다. 놀란 아레이에게 Q가 이야기하기 시작했다.

"우리 엄마는 내가 초등학교 2학년 때 교통사고로 돌아가셨는데, 그때 정말로 수학이랑 담쌓으려고 했어. 사고가 난 날 아침, 학교에 지각하게 생겼는데 현관에서 내내 골드바흐의 추측을 생각하느라 늑장 부리다가 결국 폭발한 엄마한테 혼쭐이 났거든. '밤낮 숫자만 들여다보는 거 지긋지긋해. 엄마는 너 같은 애 필요 없어!' 그랬어."

괴로운 이야기였다. 물론 Q의 엄마는 순간적인 감정에 휩쓸려 한 말이었을 거다. 절대 진심은 아닐 터였다. 그러나 사고로

Q의 엄마는 세상을 떠나고, 가슴 아픈 말을 주워 담을 기회조차 끊겼다. 뱉은 말만 남고 말았다.

Q는 담담히 계속했다.

"그게 마지막 말이라니……. 난 충격받아서 이제 수학 따위 생각하지 말자고 다짐했지. 그랬더니 누나가 그러더라."

동트기 전의 하늘로 눈을 든 Q가 천천히 말을 이었다.

"전자계산기는 무척 편리하지만, 만약 이걸 고양이한테 주면 고양이는 사용법을 모르니까 핥거나 물어뜯거나 버릴 뿐이라고. 사람의 개성이나 능력이라는 것도 이런 도구와 같다고. 사람들에겐 저마다 다른 능력이 주어지는데, 그 용도를 알 때까지는 시간이 걸린대. 용도도 모르고 제대로 다룰 노력도 하지 않으면서 그 능력을 쓸모없다고 여기는 건 고양이랑 다를 바 없다고 했어. 천천히, 사용법을 궁리하면 된다고. 하나씩 다루다 보면 머지않아 그 도구의 고마움을 알게 될 거라고. 그래서 나는 지금도 수학이랑 친하게 지내."

말을 마치자 Q는 하늘을 보던 눈을 아레이에게 돌리며 빙글 웃었다.

"너도 그렇게 해. 쓸모없다고 하지 말고 용도를 궁리하면 되잖아. 완벽한 기억력이라니 멋지기만 한데? 난 엄마 기억이 별로 없어. 떠올리려고 하면 일단 마지막에 들었던 심한 말이 생각나. 종이에 피보나치수열을 늘어 쓰는 나를 보고 엄마가 그 종이를 찢어 버린 일 같은 안 좋은 기억만 난다고. 내가 너였다면 즐거운 기억만 몇 번이고 고화질로 재생할 텐데 말이야. 괴로운 일이나 싫은 일 대신 좋은 일만 떠올리면 어때? 그러려면 노력과 훈련이 필요하겠지만."

주어진 도구……. 그런 식으로 자신의 능력을 바라본 적은 없었지만 Q의 말에는 납득 가는 구석이 있었다.

아직 용도를 모르는, 능숙히 다룰 줄 모르는 도구를 끌어안은 채 우린 다들 우왕좌왕하고 있구나…….

아레이도 히카루도 하루코도 야스카와도 피코도 Q도. 아니, 아마 깃든이뿐만이 아닐 거다. 앞으로 입시에 매진할 9학년이나 학교의 다른 아이들 모두 각자에게 주어진 개성과 능력의 용도를 아직 모른 채 쩔쩔매고 있는 것이다.

캄캄한 거리 너머에서 뛰어오는 경쾌한 발소리가 들렸다.

야스카와다.

아레이와 Q 앞으로 달려온 야스카와는 어깨숨을 쉬면서 나지막한 목소리로 말했다.

"으, 나오기 진짜 힘들었어! 큰형이 올해 수험생이라서 매일 밤늦게까지 공부하거든. 드디어 잠들었길래 겨우 나왔어."

잠시 뒤 하루코도 왔다.

"현관으로 가려는데 콩이가 낑낑거려서 엄마가 깬 거 있죠.

겨우 틈을 봐서 나왔어요."

콩이는 하루코의 반려견이다. 하루코는 점퍼 주머니에 손전등을 챙기고 손에는 야구 방망이를 들었다.

"웬 야구 방망이를 들고 있냐?"

야스카와가 묻자 하루코는 "어?" 하고 놀란 표정을 지으며 모두를 둘러보았다.

"무기는 있어야지! 다들 아무것도 안 가져왔어요?"

가방을 둘러멘 Q가 득의양양한 얼굴로 끼어들었다.

"난 과자 가져왔지!

"네? 과자도 챙기는 거였나요?"

엉뚱한 대화에 아레이가 한숨을 내쉬었을 때 동쪽에서 달려오는 히카루가 보였다. 가로등 불빛을 받아 손에 든 플루트가 반짝반짝 빛났다.

"오, 히카루도 왔다. 이제 이나미가 피코를 데려오기만 하면 되네."

Q가 그렇게 말하고 히카루가 정문 앞에 다다른 순간이었다. 마치 그때를 기다렸다는 듯이 아이들 주위에서 밤공기가 구불텅하고 비틀렸다.

벌떡벌떡 심장 박동이 격해진다. 들썩이는 마음을 삭이려 아레이는 크게 숨을 들이쉬었다.

여름 냄새는 사라졌다. 바람 소리도 나지 않는다. 이명 같은
벌레 소리도 끊겼다.

"들어왔나?"

긴장한 표정으로 Q가 물었다.

들이마신 숨을 토하면서 아레이는 주억였다.

"들어왔어."

"저기……."

히카루가 입을 열며 운동장을 가리켰다.

"저거, 뭐야?"

천천히 뒤를 돌아본 아레이는 "아……" 하고 숨을 삼켰다.

운동장 한가운데에 새까만 기둥 같은 무언가가 몇 개나 우
뚝 솟아 있었다.

문

"그림자 괴물인가요?"

하루코가 히카루 팔에 꼭 매달리면서 물었다.

"아닌 것 같아."

운동장에 솟은 기둥들을 보았을 때 아레이도 처음엔 그림자 괴물들이 모여 있나 했다. 그런데 어째서인지 그동안 보았던 황천 병사는 아닌 것 같았다. 머리도 팔도 다리도 없고, 조금도 움직이지 않는다.

"그럼 뭐야?"

히카루가 담벼락 너머로 다시금 학교 안을 보면서 물었다.

"모르겠어."

아레이는 고개를 내저었다.

"또 함정인 거 아냐? 분명 괴물들이 위장한 걸 거야."

Q의 말에 야스카와가 끼어들었다.

"하지만 이나미가 그랬잖아. 황천귀는 지금 잠잠한 상태라고. 그러니 함정을 파는 번거로운 짓은 못 할 거라고."

"이나미는 언제 오는 거야?"

Q가 거리를 돌아봤다.

이나미도 피코와 함께 그림자계에 들어왔을 거다. 지금쯤 아이들이 있는 학교 앞으로 오고 있을 텐데, 피코의 집 방향인 남쪽 거리엔 인적이 없었다.

"앗! 저기 누가 와요."

하루코가 가리킨 곳은 남쪽 거리가 아닌 모노레일 역이 있는 동쪽 방면이었다.

까만 사람 그림자가 서서히 가까워지고 있었다. 작은 머리와 긴 팔다리를 삐걱삐걱 움직이면서 아레이와 아이들이 있는 교문 쪽으로 걸어오는 듯 보였다.

"윽…… 저, 저건……?"

야스카와가 뒷말을 삼켰다.

이어서 Q가 중얼거렸다.

"외눈박이 그림자다……."

어둠 속에서 눈알이 빛났다.

"저쪽에서도 오고 있어!"

히카루가 이번에는 운동장을 둘러싼 서쪽 담벼락 길을 가리키며 말했다. 그림자가 둘. 놈들의 머리에도 형형한 눈알이 하나씩 붙어 있다.

세 외눈박이 그림자는 모두 느릿느릿 다가왔다.

"들어가자."

아레이는 교문 안으로 미끄러져 들어갔다.

이나미와 피코가 도착하지 않았기에 약속 장소를 벗어날 수는 없었다. 일단 교문 옆 기둥 그늘과 담벼락의 나무 그늘로 몸을 숨겼다.

세 그림자는 서쪽과 동쪽에서 걸어와 교문 앞에서 그대로 서로를 스쳐 지나갔다. 마치 학교 주위를 순찰하는 것 같았다. 그러나 야스카와가 말했듯 황천귀라는 사령탑이 부재해서인지 그림자들은 어딘가 둔했다. 바로 옆에 숨은 아이들을 알아채지 못할 정도로.

"왜 이렇게 늦냐!"

기둥 그늘에서 고개를 빼꼼 내민 Q가 남쪽 거리를 살피며 중얼거렸다.

아레이는 그림자 괴물들이 멀어지는 모습을 끝까지 지켜본 뒤 웅크린 자세 그대로 운동장을 돌이켜 보았다.

저건 대체 뭘까?

쑥쑥 자라난 기둥을 쳐다보며 아레이는 머리를 굴렸다. 표면이 울퉁불퉁하고 딱딱해 보였다. 돌기둥 같기도, 종유굴에서 자라는 석순 같기도 했다.

아레이가 있는 곳에서 기둥이 전부 보이지는 않지만 대충 세어 봐도 40개에서 50개는 되었다. 그중 하나는 유달리 컸다. 학교 건물 높이와 맞먹을 정도였다. 나머지 기둥은 그만큼 크지는 않았다. 아레이 키의 두 배쯤일까? 기껏해야 3미터 조금 넘는 듯했다.

자세히 관찰하려고 엉거주춤 일어나려 했을 때, 학교 건물 쪽에서 움직이는 무언가를 발견하고 아레이는 동작을 멈췄다.

어둠에 잠겨 잘 보이지는 않았지만 빛나는 눈알이 놈의 위치를 알려 주고 있었다. 외눈박이 그림자 하나가 학교 앞으로 천천히 걸어가더니 이내 모퉁이를 꺾어 모습을 감췄다.

이동하는 눈알을 물끄러미 바라보던 아레이는 기묘한 점을 알아챘다.

학교가…… 이상한데?

분명 평소와 달랐다. 비상구 불빛도 보이지 않았고, 달빛을 반사하며 어둠 속에서 빛나야 할 유리창도 보이지 않는다. 1층과 2층, 3층의 경계도 모르겠고 운동장을 향해 나 있어야 할 중앙 현관의 문도 없다. 학교 건물 전체가 먹이라도 뒤집어쓴 듯 끈적한 무언가로 덧칠되어 버렸다.

학교는 까맣고 거대한 정육면체가 되었다.

히카루와 야스카와도 이상한 점을 알아챈 모양이다.

"뭐지? 창문이 없어졌어……?"

히카루가 조그맣게 중얼거렸다.

야스카와가 그 말을 이어받듯이 나지막하게 말했다.

"중앙 현관도 없어."

두 사람의 말에 뒤돌아본 Q도 "뭐냐, 저게?" 하고 불안하다는 듯이 고개를 기울였다.

그때 "헉!" 하고 하루코가 조그맣게 비명을 지르더니 교문 앞 거리를 쳐다보며 눈을 부릅뜬 채 굳어 버렸다.

"뭔가 잔뜩 와요! 하나, 둘, 셋, 넷, 다섯이나……"

겨우 목소리를 쥐어짜다시피 속삭이는 하루코의 말에 아이들이 다시 거리를 살폈다.

그림자 괴물 다섯이 걸어오는 게 보였다. 이대로 직진해 오면 교문에 다다르게 된다. 만일 이리로 들어온다면……. 간신히 몸을 숨긴 아이들이 발각되는 일은 시간문제였다.

"저 기둥에 숨자."

Q가 잽싸게 운동장 기둥 쪽으로 뛰기 시작했다.

뒤따라 달리면서 아레이는 불안해졌다. 저 외눈박이 그림자들은 남쪽에서 오는 듯했는데, 그 경로는 이나미와 피코가 오는 길과 겹쳤다.

무슨 일 있나? 이만큼 시간이 걸린다는 건 무슨 곤경에 빠졌다는 뜻이 아닐까?

불안이 가슴을 옥죄었다.

아레이는 기둥 중 하나로 달려가 그 밑에 쭈그리고 앉았다. 가까이에서 보니 기둥은 돌로 이루어져 있었다. 꺼칠꺼칠, 울퉁불퉁한 돌기둥이 땅에 뿌리를 내린 양 우뚝 솟아 있는 것이다. 그리고 또 한 가지. 대강 세워진 줄 알았던 돌기둥은 규칙을 갖고 나열돼 있었다.

원?

기둥이 있는 곳을 포물선으로 이으면 원이 됐다. 제법 큰 원이었다. 지름이 50미터 가까이 될 듯했다.

단어 하나가 아레이의 머릿속에서 번뜩였다.

스톤 서클…….

숨을 삼키는 아레이 곁에서 히카루가 속삭였다.

"들어왔어……."

퍼뜩 정신을 차린 아레이는 운동장의 기둥에서 눈을 떼고 교문을 쳐다보았다. 아까 남쪽에서 온 그림자 괴물 중 셋이 나란히 안으로 들어오는 참이었다. 나머지 둘은 방향을 틀어 담벼락을 따라 난 길로 걸어갔다.

"어쩌지……."

야스카와가 옆 기둥 그늘에서 조그맣게 중얼거리는 소리가 들렸다.

학교 주변은 외눈박이 그림자투성이다. 믿을 구석인 이나미는 나타날 생각을 하지 않는다.

또 불안이 가슴속에 부푼다.

운동장으로 들어온 그림자 셋은 소리도 없이 천천히 돌기둥으로 다가오는 듯했다. 아이들은 그림자 괴물에게 들키지 않으려 필사적으로 돌기둥에 찰싹 달라붙은 채 숨을 죽였다.

외눈박이 그림자는 기척이라는 게 없었다. 어디쯤에 있는지, 이쪽으로 오는지 마는지 눈으로 보지 않는 한 전혀 알 수 없었다.

갑자기 돌기둥 너머에서 그림자가 나타나지는 않을까, 당장에라도 까만 팔이 끈처럼 뻗어 오지는 않을까 하는 공포가 스멀스멀 밀려왔다. 귓속에서는 심장 박동이 쿵쿵 울렸고 어느샌가 삐질삐질 식은땀이 흐르고 있었다.

문득 시선 끝에 무언가가 스쳤다. 돌기둥에 붙은 채 슬쩍 엿보니 학교 건물을 향해 멀어져 가는 세 그림자가 보였다. 운동장을 채우는 어둠, 그 어둠보다도 더 짙고 까만 사람 형체 셋. 기다란 팔다리를 움직이며 소리도 없이 멀어져 갔다. 아이들이 숨은 돌기둥 옆을 지나 그림자들은 이제 건물로 이어지는 계단을 오르려고 했다.

휴, 안 들켰어…….

숨을 내쉬자마자 왈칵 뜨거운 피가 온몸을 흐르는 느낌이

들었다.

그때였다.

달그락! 건조한 소리가 울렸다. 무언가 딱딱한 물건이 돌에 부딪친 듯한 소리다. 그리 큰 소리는 아니었지만 정적을 뚫고 경종처럼 그 소리가 울려 퍼졌다.

뭐지?

소리의 출처를 찾으려 주위를 둘러보는 아레이 눈에, 겁에 질린 하루코의 얼굴과 그 발밑을 구르는 야구 방망이가 들어왔다. 방망이가 쓰러지며 돌기둥에 닿아 소리를 낸 모양이다.

별안간 어둠 속에서 쇠붙이를 긁는 듯한 소리가 피어났다.

"기이…… 깃…… 깃…… 기이……."

운동장과 학교 건물을 잇는 짧은 계단 위에서 세 그림자가 머리를 빙그르르 돌렸다. 어둠 속에서 빛나는 세 눈알은 똑똑히 아이들을 겨냥하고 있었다.

"기이…… 기기이…… 기이……."

"기이잇…… 드은…… 기잇든……."

"깃…… 기이…… 깃드으은…… 깃든…… 이이이."

들켰다! 공포와 절망이 밀려왔다.

"꺄! 꺄! 꺄! 꺄!"

야구 방망이를 낚아채듯이 주워 하루코가 빨딱 일어섰다. 아레이와 다른 아이들도 차례차례 일어나 돌기둥으로 에워싸인 원 안에서 도피처를 찾아 사방을 훑었다.

"후문에서도 들어왔어!"

히카루가 외쳤다.

"으……. 학교 안에서도 쏟아져 나와!"

야스카와의 조급한 목소리가 울렸다.

"큰일 났어! 거리에서도 몰려온다고!"

Q가 교문 밖을 가리키며 외쳤다.

"기이이…… 기이잇…… 깃드으은…… 기잇."

"기이이이이잇…… 깃든…… 깃드으은…… 깃든."

어둠 속에 그림자들의 목소리가 넘쳐 났다. 운동장의 스톤 서클을 향해 외눈박이 그림자들이 모여들었다.

물러설 데가 없다.

다가오는 외눈박이 그림자들을 바라보면서 아이들은 점점 서클의 중심으로 뒷걸음질했다.

"어떡해? 어떡하지? 이제 어떡하냐고오!"

Q가 물었지만 답은 없었다. 대답할 수 있는 사람이 없었으니까.

하루코는 한 방 역전을 노리는 홈런 타자처럼 유일한 무기인 야구 방망이를 크게 휘두르고 있었다.

아이들이 서클 중심에 모여 섰다.

그림자 괴물의 수는 계속 불어나고 있었다. 대체 몇이나 될까? 30? 40? 50 이상인지도 몰랐다.

그림자 괴물들의 목소리가 서로 공명하고 뒤엉켜 그림자계의 공기를 흔들었다. 이제 뭐라고 하는지도 알아들을 수 없었다. 그저 끼익 끼익, 삐걱삐걱 스치는 요란한 소음이 귀를 먹먹하게 만들었다.

마침내 외눈박이 그림자들이 스톤 서클 주위를 둥글게 포위했을 때, 히카루가 플루트를 불기 시작했다.

귀에 익은 천음의 첫 소절이었다.

미도파도솔……

그러나 그 멜로디가 흘러나와도 그림자 괴물들이 주춤하는 기색은 없었다.

"안 먹혀!"

"안 돼……. 오지 마! 오지 말라고오!!"

Q와 하루코가 입을 모아 외쳤다. 히카루도 음을 서른두 개째 짚더니 플루트에서 고개를 들었다.

점점 좁혀 오는 그림자들의 포위망을 둘러보면서 아레이는 속으로 외쳤다.

천음이 황천귀에게 닿지 않는 거야……!

지난번 히카루가 그림자 구렁이에서 탈출했을 때, 이나미는 히카루가 노래한 천음이 일시적으로 황천귀의 혼을 빼놓았다고 말했었다. 황천귀의 통제가 흐트러지자, 그림자 구렁이의 똬리가 느슨해졌던 것이다.

천음은 외눈박이 그림자에게 직접 작용하지는 않는다. 그림자 괴물을 조종하는 황천귀에게 타격을 주는 듯했다. 그렇다면 지금은 황천귀가 잠시 잠들어 있으니, 천음 또한 황천귀에게 가닿지 않는 게 아닐까?

아레이가 머릿속으로 생각을 계속하는 사이에도 외눈박이 그림자들은 스톤 서클 주위로 다가왔다. 기둥과 기둥 사이에서 아이들이 있는 중심 쪽으로 발을 들이밀려고 했다.

압도적으로 많았다. 그림자들이 내는 소리가 어둠을 바드득 갈았다.

삐걱, 삐걱, 끼익, 끼익, 끽, 끽…….

검은 그림자 괴물들이 돌기둥 사이를 빠져나와 하나씩 스톤 서클 안으로 들어왔다. 사방에서 밀려오는 그림자, 그림자, 그림자…….

의식이…… 영혼이 까만 공포에 집어삼켜질 것 같다.

서클 중심에서 서로 몸을 딱 붙인 아이들은 비명조차 지르지 못한 채 있었다.

"움직이지 마!"

별안간 머릿속에 야스카와의 목소리가 울렸다.

아레이가 들은 그 목소리는 다른 아이들에게도 전달된 듯했다. Q와 히카루, 하루코도 야스카와를 쳐다봤다.

"다들, 움직이지 마."

야스카와는 아이들에게 시선을 보내면서 머릿속으로 직접 말을 걸어 왔다.

"왜?"

Q가 소리 내어 물었다.

"어쩌려고?"

아레이도 물었다.

"이나미가 그렇게 말하고 있어. 근처에 있나 봐. '움직이지 마. 말하지 마. 가만히 있어.' 이렇게 전하래. 이상!"

돌기둥 사이를 빠져나온 그림자들은 삐걱거리며 가까이 다가왔다.

"움직이지 마! 말하지 마! 가만히 있어!"

야스카와가 한 번 더 이나미의 당부를 머릿속으로 보내왔다.

이나미가 무슨 생각인지 도통 알 수 없었다.

"기잇, 기이, 기이이이이…… 기잇…… 기잇든…… 기이잇…… 기이잇든…… 기기, 기기기기…… 깃……."

"기잇, 깃든이이……"

그림자들의 외침이 어둠을 뒤흔들었다. 검은 그림자의 파도가 사방에서 아이들을 덮치려 했다.

잡아먹히겠다!

그렇게 생각한 순간이었다. 원 모양으로 늘어선 돌기둥 반대편에서 눈부신 빛이 작렬했다.

검은 그림자들의 눈알이 일제히 빛 쪽으로 쏠렸다.

교문 옆. 운동장 구석에서 불기둥이 치솟았다.

곧이어 그 불기둥에서 오렌지색 불덩어리 세 개가 튀어나와 거리로 날아갔다.

타닥, 타다닥, 타닥!

경쾌한 소리와 함께 불덩어리는 꼬리를 늘어트리며 담벼락을 넘어 마을로 사라졌다. 그러자 그림자 괴물 무리가 소리도 없이 움직이기 시작했다. 웅크리고 있는 아이들 옆을 지나쳐 불덩어리를 뒤쫓듯이 일제히 움직여 갔다.

저건 또 뭐지?

기척을 죽인 채 아레이는 땅 위에 한쪽 무릎을 대고 까만 물줄기처럼 지나가는 그림자 괴물들을 지켜보았다.

그림자들의 외눈은 물끄러미 한쪽으로 향했다. 불덩어리가 날아간 곳을 바라보며 기다란 팔다리를 삐걱삐걱 움직이면서 몰려갔다. 이제 아이들은 안중에도 없는 모양이다.

마침내 검은 그림자 무리는 모조리 스톤 서클 밖으로 나가 버렸다. 그림자들은 그대로 쭉 교문을 빠져나가 사라진 불덩어리를 쫓아서 멀어져 갔다.

"운동장 체육 창고로 와."

야스카와의 목소리가 머릿속에 울렸다. 아레이도 Q도 하루코와 히카루도, 자리에서 일어나 계단 바로 옆에 있는 작은 창고를 바라봤다.

야스카와는 그림자가 하나도 빠짐없이 교문을 나가는 모습을 한 번 더 확인하고 체육 창고로 턱짓을 해 보였다.

"가자."

머릿속에 목소리가 울렸다.

아이들은 어둠 속으로 달려 나갔다. 체육 창고에 다섯 명이 도착하자 그늘에서 불쑥 하나는 크고 하나는 작은 사람 그림자가 나타났다.

"이나미……"

아레이가 큰 그림자를 향해 말하자 히카루가 작은 그림자를 향해 "피코!" 하고 불렀다.

"늦었잖아."

Q가 투덜거렸다.

"아까 폭죽 같은 불덩어리, 이나미가 한 거야?"

야스카와가 물었다.

"맞아."

이나미는 등에 멘 가방을 슬쩍 쳐다보며 말을 이었다.

"눈속임에 쓸 도구를 챙겨 왔어. 황천귀의 통제를 받지 않는 그림자 괴물은 말이지, 머릿속이 텅 비어서 빛이나 소리의 자극을 표적이라고 판단하면 따라오거든. 그러니 저놈들과 맞닥트리면 자극하지 마. 소리도 내면 안 돼."

"그런 건 빨리 말해 줬어야죠!"

하루코가 구시렁댔다.

"히카루가 플루트를 불어도 안 통하더라."

아레이의 말에 이나미는 히카루의 손에 있는 플루트를 보고 어깨를 으쓱했다.

"그렇겠지이. 황천귀의 명령이 차단됐다는 건 우리가 보내는 신호도 차단된다는 뜻이니까. 황천귀는 황천 고치를 찢고 현실 세계로 나오기 위한 최종 준비에 돌입한 거야. 특별한 방어막으로 보호받으면서 때를 기다리는 중이지. 머지않아 그때가 올 거야."

"이제 뭘 하면 돼? 천문은? 어딨는지 알아?"

아레이가 질문했다.

이나미는 아레이를 흘끗 보더니 그대로 운동장을 빙그르르 둘러보며 말했다.

"여기야."

"여기?"

야스카와가 되물었다. 이나미가 끄덕이며 계속 말했다.

"그래서 정문 앞에서 만나자고 한 거잖아. 모든 게 시작된 곳이니까. 그림자계는 이 학교에서 시작돼 넓어졌지이. 즉, 여기가 그림자계 중심이라는 뜻. 황천귀도 천문도 여기에 있을 거야. 환상이 간신히 형태를 유지하고 있는 것도 이제 이 학교 주변뿐이야. 피코 집에서 여기까지 오는 사이, 그림자계가 허물어져 있는 걸 봤어. 마을도 길도 엉망진창이더라고오. 그래서 늦어진 거야."

이나미의 말을 들은 하루코가 불안한지 주위를 둘러보며 말했다.

"네?! 황천귀가 있다고요? 여기 어디요? 학교 어디?"

여태 입을 꾹 다물고만 있던 피코가 옆에 선 이나미의 옷자락을 콱 당겼다.

"왜 그래?"

이나미가 피코를 내려다봤다. 다른 아이들의 시선도 피코에게 쏠렸다.

피코는 주머니에서 작게 접은 종이를 꺼냈다. 황천귀 봉인에 앞서 단단히 준비했는지 캐릭터가 그려진 잠옷 위에 노란 비옷을 덧입고 발에는 양말과 운동화도 꼼꼼히 신었다. 비옷 주머니에서 꺼낸 종이를 피코는 모두 앞에 펼쳐 보였다.

원과 까맣게 칠한 사각형이 그려져 있었다.

"이 안에 있어……"

피코는 까만 사각형을 가리키며 말했다.

Q가 확인하듯이 피코에게 물었다.

"상자야? 까만 상자? 황천귀가 그 까만 상자 안에 있다고?"

"응."

피코가 끄덕였다.

이나미가 생각에 잠긴 듯 피코 얼굴을 쳐다보며 고개를 기울였다.

"이 정도로 넓은 황천 고치에서 몸을 불렸으니 황천귀의 수가 굉장히 많을 거야. 그렇게 많은 황천귀가 들어갈 수 있으려면 상자도 커야 할 텐데……"

아레이는 헉하며 뒤돌아보았다.

"혹시!"

Q도 알아챈 모양이다.

"저기야? 저 안에 있는 거지?!"

야스카와도 같은 생각을 했나 보다.

히카루와 하루코도 체육 창고 뒤쪽을 올려다봤다.

어둠 속 까뭇까뭇한 학교 건물이 물끄러미 아이들을 굽어보고 있었다. 창문이고 문이고 아무것도 없는 밋밋하고 까만, 거대한 상자였다.

이나미는 세 번 끄덕이고는 재차 피코의 그림을 들여다보면서 물었다.

"이 원은 뭐야? 어디에 있어?"

피코는 잠자코 오른손을 들어 올렸다. 꼿꼿이 세운 검지를 쭉 앞으로 곧게 뻗으며 피코가 오도카니 말했다.

"문이야. 둥근 문."

피코의 검지가 가리키는 곳으로 눈을 돌리자 돌기둥으로 둘러싸인 둥근 땅이 보였다.

이나미가 숨을 삼키고 목소리를 낮추며 속삭였다.

"황천 병사들이 돌아왔어. 여기 있으면 들켜. 가자아. 그늘로 숨는 거야."

하늘과 땅의 방정식

아이들이 계단을 올라 우르르 학교 건물 앞에 도착했을 때 외눈박이 그림자들도 줄줄이 운동장으로 들어왔다.

"이쪽으로!"

이나미가 속삭이며 건물 모퉁이를 돌았다. 몸을 숨긴 아이들은 그림자들의 동태를 지켜보면서 달라진 학교를 살폈다.

이제까지 알던 학교 건물이 아니었다. 상아색 페인트를 칠한 벽은 까만 타르를 굳혀 만든 것같이 단단한 막으로 변해 있었다. 창문도 출입문도 환풍구도 없다. 온통 까맣고 울퉁불퉁할 뿐이었다.

야스카와가 딱딱한 벽을 탁탁 손으로 두드리면서 조그맣게 말했다.

"되게 딴딴하네. 이 안에 숨은 황천귀들을 무슨 수로 땅속으로 보내지?"

아레이도 같은 불안을 느끼고 있었다. 좀 전에 히카루가 연주한 천음이 조금도 황천귀에게 닿지 않는다면 봉인 주문도 통하지 않는다는 뜻이다. 이런 상황에서 깃든이들은 어떻게 황천귀를 봉인할 수 있을까?

운동장에 들어온 그림자들은 학교 건물 쪽으로 다가오지는 않고 스톤 서클 주위를 서성였다.

이나미가 나지막하게 말했다.

"천문이 열리며언, 그 충격으로 그림자계가 크게 요동칠 거야아. 그때 분명 황천귀를 지키는 이 검은 상자도 허물어지겠지. 다만……"

이나미는 말문이 막힌 듯 말을 끊었다.

"다만…… 뭐?"

Q가 답답한지 끼어들었다. 이나미는 뒷말을 이었다.

"다만 이렇게 크고 튼튼한 방어막일 줄은 상상도 못 했어. 그래서 솔직히 예상이 안 돼. 내가 배운 대로만 하면 되는 건지, 아니면……"

"야, 무슨 소리야!"

Q가 이나미에게 따지고 들었다.

"신의 계획이라며? 그게 예상과 다를 가능성은 없어야 하잖아!"

"그래야겠지만……." 하고 이나미가 어정쩡하게 대답했을 때 야구 방망이를 든 하루코가 입을 열었다.

"부술 수 있는지 볼까요?"

긴박한 상황과 어울리지 않는 하루코의 말에 아이들은 어안 이 벙벙했다.

아무도 답이 없자 하루코는 동의하는 뜻으로 받아들인 모양 이다. 아차 할 새도 없이 하루코의 손에 들린 방망이가 붕 하늘 을 갈랐다.

딱! 둔탁한 소리를 내며 까만 정육면체 모서리에 부딪친 방 망이는 보기 좋게 둘로 쩍 갈라져 튕겨 나갔다.

코앞으로 날아드는 깔쭉깔쭉한 방망이 조각을 Q가 펄쩍 물 러나 가까스로 피했다. Q는 비명을 삼키고 눈만 뒤룩뒤룩 굴리 면서 하루코를 노려보았다.

"누구 죽일 셈이야!"

"시키지도 않은 짓 하지 마."

이나미도 낮게 깐 목소리로 하루코에게 주의를 줬다.

"하라고 한 거 아니었나요?"

하루코는 이나미를 쏘아보며 되받아쳤다.

그때 야스카와가 무언가 말하려다 갑자기 움찔 몸을 떨었 다. 다음 순간 느닷없이 우물거리는 목소리가 아레이 머릿속에 흘러 들어왔다.

"하늘과 땅을 이어라. 하늘과 땅을 이어라."

하늘과 땅을 이으라고?

아레이는 천신의 메시지를 중계하고 있는 야스카와를 보았다. 또 그 흐릿한 목소리가 머릿속에 울려 퍼졌다.

"하늘과 땅이 이어질 때,

천문이 열리고 땅으로 통하여

보루가 무너져 무로 돌아가느니.

하늘과 땅을 이어라.

하늘과 땅을 이어라.

하늘과 땅을 이어라."

히카루 옆에 선 피코가 갑자기 손을 뻗어 Q의 후드 티셔츠 자락을 잡아당겼다.

빙그레 웃으며 Q를 올려다본 피코가 말했다.

"Q 형, 천문에 주문을 적어. 하늘과 땅을 잇는 주문이야."

Q는 화들짝 놀라 피코를 내려다봤다.

"엥? 내가? 주문을? 천문에?"

한 손으로 Q의 옷자락을 꼭 쥔 피코는 남은 한 손으로 운동장을 가리키며 조르듯이 말했다.

"주문을 적어. 천문에……. 하늘과 땅을 잇는 주문. 그러면 천문이 열릴 거야."

아이들은 피코가 가리키는 쪽을 보았다. 외눈박이 그림자들이 득시글대는 스톤 서클 쪽을.

이나미가 나지막하게 말했다.

"돌기둥으로 에워싸인 땅바닥. 저기에 천문이 있는 듯해."

히카루가 플루트를 꽉 쥐며 입을 열었다.

"하지만…… 어떻게 해? 그림자 괴물들이 저렇게 잔뜩 버티고 있는데."

"내가 시선을 끌게에."

단호한 말투로 이나미가 말했다.

놀라는 모두 앞에서 이나미는 등에 멘 가방을 내려놓고 무언가를 꺼내며 다시 한번 말했다.

"내가 시선을 끌 테니까, 그사이에 천문을 열어."

칙 소리와 함께 이나미의 오른손에서 라이터 불이 타올랐다. 곧이어 이나미는 왼손에 쥔 홀쭉한 원통에 불을 붙였다. 원통 끝에서 분홍빛이 타오르며 연기가 솟아올랐다. 그걸 머리 위로 높이 쳐들고 소리치면서 이나미가 달리기 시작했다.

"야아! 황천 병사들! 이쪽이야! 난 여기 있어!"

강한 빛과 소리를 내뿜는 표적으로 황천 병사들의 시선이 쏠렸다. 어둠의 물결 속에서 몇십 개의 눈알이 이나미의 모습을 좇았다.

이나미는 그 눈알들이 보란 듯이 빛나는 원통을 휘둘렀다.

"이나미!"

아레이는 참지 못하고 이나미 이름을 외쳤다. 그 목소리를 이나미의 더 큰 외침이 지웠다.

"입 다물어! 목소리 내지 말라고오! 놈들의 상대는 나야! 어서 가! Q, 하늘과 땅을 잇는 주문을 써서 천문을 열어!"

외눈박이 그림자들이 스르르 이나미를 쫓아 이동하기 시작했다.

"기이…… 기이…… 기이……."

"기잇…… 드은, 깃든…… 이이."

"깃, 기이, 기기이……."

쉿소리를 내면서 이나미를 뒤쫓아 갔다. 엉겨 붙은 검은 그림자들이 소리도 없이 파도처럼 너울대며 움직였다. 계단을 올라 분홍빛이 번쩍이는 쪽으로…….

못 박힌 듯 굳은 아레이의 어깨를 Q가 흔들었다. Q의 눈이 '가자.'라고 말하고 있었다.

어느샌가 그림자 떼는 모두 사라져 있었다. 아레이는 그제야 크게 숨을 들이쉬고 다음 걸음을 떼었다.

하루코가 번쩍 피코 몸을 안아 올렸다. 오른손에는 여전히 토막 난 방망이를 쥔 채였다.

"가자, 얼른!"

야스카와의 말이 머리에 울렸다.

Q와 아레이가 앞에 서고 플루트를 쥔 히카루와 피코를 안은 하루코가 뒤를 이었다. 야스카와는 맨 뒤에서 주위를 살피며 따라왔다.

하루코가 스톤 서클 안에 피코를 내렸다.

"여기……"

피코는 땅에 발을 딛자마자 스톤 서클 한가운데를 가리키며 Q를 쳐다봤다.

"여기에다가 써. 하늘과 땅을 잇는 주문을 Q 형이 여기 쓰는 거야."

"뭐라고 써? 어떤 주문인데?"

Q는 전혀 모르겠다는 듯 물었다. 피코는 물끄러미 Q를 맞바라볼 뿐 답이 없었다.

하늘과 땅을 이으라고……?

아레이는 천신이 보낸 메시지의 뜻을 끈질기게 생각했다.

무슨 말이지? 어떻게 하면 하늘과 땅을 이을 수 있지?

아레이는 새까만 그림자계의 하늘을 올려다보았다. 원 모양으로 선 돌기둥들이 캄캄한 허공을 향해 쑥쑥 머리를 들이민 모습이었다.

문득 고대 이집트의 태양신 신전 앞에 우뚝 솟은 기둥과 마추픽추의 인티와타나가 떠올랐다. 인티와타나는 '태양을 잇는 기둥'이라는 뜻이다.

기둥에는 하늘과 땅을 잇는 힘이 있다고 여겨져 왔다. 고대
인들은 하늘의 신이 기둥을 타고 땅으로 내려온다고 생각한 것
이다.

"아레이, 무슨 말이든 해 봐!"

Q가 아레이에게 도움을 청했다.

"뭐라도 말해 줘! 내가 뭘 적어야 해? 주문이 뭔지 알아?"

"몰라."

아레이는 고개를 가로저으면서도 머릿속에 떠오른 정보를
조각조각 내뱉었다.

"그런데…… 예로부터 기둥은 하늘과 땅을 연결한다는 의
미가 있어."

"하늘과 땅을 연결해?"

Q는 돌기둥을 우러러보아도 모르겠는지 금세 아레이에게
로 시선을 되돌렸다.

"하지만 어떻게? 이렇게 땅에 박혀 있기만 한데……. 더 쑥
쑥 자라면 혹시 하늘에 닿을지도 모르겠지만"

"하지만……" 하고 이번에는 하루코가 끼어들었다.

"기둥이 자라나도 하늘에 닿지는 않을걸요? 여기는 현실
세계가 아니라고요. 그림자계를 감싸는 황천 고치에 가로막힐
텐데요?"

아레이도 고개를 주억였다.

"또 신호야……"

야스카와가 주위를 두리번거리며 중얼댔다. 그리고 천신의 메시지를 아이들 머릿속에 보내왔다.

"하늘과 땅을 이어라.

하늘과 땅을 이어라.

하늘과 땅을 이어라.

하늘과 땅이 이어질 때,

천문이 열리고 땅으로 통하여

보루가 무너져 무로 돌아가느니."

같은 메시지다.

그러나 이곳, 그림자계에는 하늘이 없다. 하늘이 없는 세계에서 어떻게 하면 하늘과 땅을 이을 수 있을까?

"Q 형, 하늘과 땅을 잇는 주문을 써 줘."

피코가 또 말했다.

피코를 바라보던 아레이의 머릿속에 문득 그림이 떠올랐다. 까만 사각형과 하얀 원. 실마리 하나가 아레이 마음속에서 번뜩 튀어나왔다.

퍼뜩 놀란 아레이를 보고 Q가 다급하게 물었다.

"뭔가 생각났어?"

"정육면체랑 원이야."

아레이는 마음에 떠오른 생각을 그대로 Q 앞에 내보였다.

"정육면체랑 원?"

Q는 눈을 가늘게 뜨고 이해해 보려 애쓰며 아레이를 쳐다봤다. 아레이가 뒷말을 이었다.

"봐, 여기……. 돌기둥에 둘러싸인 땅은 원이야. 원은 하늘을 상징하는 도형이고. 천신이 말하는 하늘이 이 스톤 서클인지도 몰라. 그림자계에 진짜 하늘은 없으니까."

"그럼 땅은?"

옆에서 묻는 히카루에게 슬쩍 시선을 보낸 뒤 아레이는 까만 학교 건물을 가리켰다. 그때 건물 뒤에서 잇따라 퍼, 퍼, 퍼, 퍼, 퍼, 펑! 하고 폭발음이 연속으로 울렸다. 모두 흠칫 놀라 숨을 삼켰다.

아레이는 설명을 계속했다.

"땅을 상징하는 도형은 정사각형. 그러니까 저 까만 건물이 땅이라는 뜻 같아. 피코의 그림에 이 두 도형이 있었어. 피코는 천신이 보여 준 걸 그렸을 테니, 무슨 의미가 있지 않을까?"

Q는 생각에 잠겨 있었다. Q를 대신해 히카루가 아레이에게 질문을 던졌다.

"그럼 하늘과 땅을 이으라는 메시지는 학교 건물과 이 돌기둥이 만든 원을 이으라는 뜻이네? 하지만 어떻게? 이만큼 떨어져 있는데……."

히카루는 거리를 눈대중하면서 불안한 표정을 지었다.

"틀렸어……"

Q였다. 모두가 Q를 쳐다봤다.

Q는 진지한 눈으로 발밑의 땅을 뚫어져라 보며 중얼대기 시작했다.

"학교 건물로는 안 돼. 정사각형이 아닌 정육면체잖아. 건물 자체가 아닌, 건물과 땅이 맞닿은 면, 건물의 정사각형 부지와 돌기둥의 원을 이어야 해……"

"뭐가 달라? 어쨌든 이을 방법은?"

히카루가 화난 듯이 질문을 던져도 Q는 땅에서 눈을 들려고 하지 않았다. 완전히 자기 세계에 빠져 웅얼웅얼 혼잣말을 계속 중얼댔다.

"그리스의 3대 난제 중 하나야. 눈금 없는 자와 컴퍼스로 주어진 원과 넓이가 똑같은 정사각형을 그리라는 문제. 원과 정사각형의 넓이가 서로 같아지면 하늘과 땅이 이어진다는 게 아닐까?"

아레이도 그리스 3대 난제는 알고 있었다. 그러나…….

"그건 불가능했잖아? 1882년에 페르디난트 폰 린데만이 원주율을 초월수라고 증명하고, 자와 컴퍼스로 원의 넓이와 같은 정사각형을 작도하는 일은 불가능하다는 결론을 내렸어."

"맞아……"

Q는 끄덕이고 피코를 제외한 나머지 세 사람은 영문 모를 대화에 인상을 찌푸렸다.

"하지만 방정식으로는 원과 정사각형을 이을 수 있어."

Q는 그렇게 말하면서 하루코의 손에서 부러진 방망이를 가져왔다. 그리고 모두가 지켜보는 가운데 아까 피코가 가리킨 원 한가운데 땅바닥에 무언가 쓰기 시작했다.

$$\pi r^2 = a^2$$

"이게 뭔데?"

야스카와가 땅에 적힌 방정식을 들여다봤다.

"저는 수학에 약해서……."

하루코는 살짝 뒷걸음질 쳤다. 아레이는 방정식을 바라보며 Q의 말뜻을 이해했다.

파이(π)는 원주율을 나타내니까 πr^2은 반지름이 r인 원의 넓이를, a^2은 한 변을 a로 하는 정사각형의 넓이를 나타낸다. 그 둘을 등호로 묶는 걸 Q는 '방정식으로는 원과 정사각형을 이을 수 있다'고 말한 것이다.

천문 위에 원과 정사각형, 하늘과 땅을 잇는 주문을 써넣었다.

그런데 아무 일도 일어나지 않는다. 변화의 기미는 없다.

또다시 폭발음과 그림자들의 목소리가 울렸다. 이따금 어둠 속에서 휘황한 빛이 떠오르기도 했다. 그러나 아이들이 있는 운동장은 쥐 죽은 듯 고요하다. 까만 학교 건물도 그대로다.

틀렸나? 나도 Q도 헛다리를 짚었나?

아레이가 허둥지둥 생각을 잇는데, 갑자기 피코가 움직였다. 지금까지 가만히 서 있던 피코가 오른발을 내밀어 Q가 적은 방정식 일부를 문질러 지웠다.

정사각형 넓이를 나타내는 a^2을 지우더니 피코가 Q를 올려다보며 말했다.

"안 돼. 여긴 영어가 아니라 숫자여야 해."

"숫자?"

Q가 땅에서 눈을 들어 피코를 봤다.

피코의 말이 아레이 마음속의 무언가를 일깨웠다.

"아……." 하고 아레이는 피코의 얼굴과 절반쯤 지워진 방정식을 번갈아 봤다.

"왜 그래?"

묻는 Q에게 아레이는 빠른 어조로 말하기 시작했다. 새로운 발견에 심장이 두근두근했다.

"아마도 숫자를 대입해야 한다는 거 같은데? Q가 쓴 방정식은 범위가 너무 넓어. 넓이가 같은 모든 원과 정사각형에 적용되잖아. 하지만 천신은 '이' 원과 '저' 정사각형을 이으라고 말하고 있어. 그러니까 이 둘을 잇도록 구체적인 숫자를 넣어야 해.”

Q가 당혹스러워하며 맞받았다.

“하지만 a에 들어갈 숫자라면 학교 건물과 땅의 접촉면의
한 변 길이인데? 그런 걸 어떻게 알아. 지금 바로 재러 가?”

“6280센티미터.”

아레이가 다급히 말했다.

Q가 아레이를 빤히 봤다. 아레이는 한 번 더 되풀이했다.

“도서관에 비치된 학교 안내 책자 속 도면에 적혀 있었어.
학교 건물 부지의 한 변 길이는 6280센티미터야.”

아레이가 말을 마치는 것과 거의 동시에 Q가 입을 열었다.

“39438400.”

Q의 얼굴에 맛있는 과자라도 한가득 베어 문 듯한 미소가
떠올랐다. 순식간에 숫자를 제곱해 계산한 Q는 지워진 방정식
우변에 값을 끄적끄적 써넣었다.

$$\pi r^2 = 39{,}438{,}400 cm^2$$

Q가 방정식을 완성한 순간, 땅이 움직였다.

“와, 왓!”

야스카와가 비틀댔다. 히카루와 하루코는 반사적으로 쪼그
려 앉았다. 아레이와 Q도 똑바로 서 있지 못하고 자세를 낮추

었다.

그만큼 격한 진동이었다. 땅이 물결치는 듯하고 아이들 주위에 솟은 돌기둥도 흔들렸다. 그림자계 전체가 삐걱대며 비명을 내지르는 듯했다.

그 난리 속에서 피코는 혼자 태연한 얼굴로 조용히 서 있었다. 아레이는 피코가 웃으면서 작은 목소리로 중얼거리는 말을 듣고 등골이 오싹해졌다.

"하늘과 땅이 이어졌어. 하늘과 땅이 이어졌어. 천문이 열려. 땅의 보루가 무너져."

"으악! 돌기둥이 움직이는데!"

야스카와가 외쳤다.

돌기둥이 밖으로 밀리며 이동하고 있었다. 안쪽 원이 조금씩 넓어졌다.

"도…… 도망쳐요! 무너진다아앗!"

하루코가 움직이는 돌기둥을 보며 외쳤다.

"도망쳐!"

Q도 필사적으로 원 밖을 향해 네발로 기듯 나아갔다.

"피코! 이리 와!"

스톤 서클 한가운데 우뚝 서 있는 피코의 손을 끌어당기며 아레이도 밖으로 피하려고 움직였다.

모두 저마다 비틀거리거나 바닥을 기면서 나아갔다. 조금만 더 가면 돌기둥 원 밖이다.

별안간 뚝 진동이 멎었다.

얼빠진 듯이 하루코가 주위를 둘러봤다. 땅도 돌기둥도 이제 꿈쩍하지 않았다. 그러나 돌기둥 위치는 하나같이 처음에 서 있던 지점에서 꽤 바깥쪽으로 이동해 있었다.

피코가 씽긋이 웃으며 말했다.

"봐! 하늘과 땅이 이어졌어."

"혹시……" 하고 Q가 입을 열었다.

"39438400제곱센티미터! 정사각형 넓이에 맞춰 돌기둥 원이 수정된 거 아닐까? 정사각형과 원의 넓이가 완전히 일치했다는 건……"

"무슨 뜻인데?"

역시 모르겠다는 듯이 히카루가 물었다.

"방정식이 성립했다는 뜻. 이 원과 저 정사각형이 등호로 이어졌어. 하늘과 땅이 지금 이어진 거야."

"봐요!"

하루코가 겁에 질린 듯이 스톤 서클 중심을 가리키며 잠긴 목소리를 냈다.

"왁!" 하고 야스카와가 소리쳤다.

"구멍이 뚫렸어!"

돌기둥 원의 중심. 좀 전에 Q가 하늘과 땅을 잇는 방정식을 적은 자리에 어느새 둥글고 큰 구멍이 뻐끔히 입을 벌리고 있었다.

아레이 옆에 선 피코가 또 평온히 입을 열었다.

"천문이 열렸어. 자, 땅의 보루가 무너진다."

피코의 말에 아이들은 시선을 주고받았다. 피코가 바라보는 곳에는 까만 학교 건물이 솟아 있었다.

"뭐야? 어떻게 된 거야?"

히카루가 물끄러미 어둠을 응시했다.

야스카와도 목을 길쭉이 빼고 무슨 일이 벌어지는지를 필사적으로 살폈다.

"뭐야? 움직이는 건가? 이번에는 학교가 흔들리는 거야?"

아레이도 상황을 파악할 수 없었다. 까만 정육면체 덩어리가 흔들려 보였다. 그러나 땅이 진동했던 것과는 달리, 건물 전체가 흔들리는 게 아니라 윗부분부터 일그러져 가는 느낌이다.

뚫어져라 까만 학교를 지켜보는 아이들 뒤에서 속삭이는 피코의 목소리가 들렸다.

"보루가 무너진다. 보루가 무너진다."

피코는 웃으면서 어둠 속의 학교를 쳐다보는 중이었다.

"녹고 있어……. 학교가 녹아내려……."

아레이의 말에 반응하듯 네모난 학교 꼭대기가 걸쭉하게 무너졌다. 마치 새까맣고 거대한 각설탕에 물을 끼얹은 것 같았다. 아까 하루코가 방망이로 내리쳤을 때는 꿈쩍도 않던 정육면체가 흐물흐물 형체를 잃어 갔다.

학교 건물의 절반쯤이 녹아 버렸다. 흘러내리는 까만 벽 너머에서 무언가가 움직였다.

야스카와가 헉하고 숨을 삼켰다. 다음 순간 웅얼거리는 목소리가 머릿속에 울렸다.

"황천귀가 눈떴노라!

황천귀가 눈떴노라!

천음을 읊어 황천귀를 부르라.

천음을 연주하여 황천귀를 보내라."

이제 까만 정육면체는 완전히 형체를 잃었고, 스러진 벽 안에서 보호받던 존재가 모습을 드러냈다.

시꺼멓게 웅크린 거대한 덩어리가 목소리를 냈다.

"아…… 아악, 아아…… 악악, 아…… 악!

아…… 악, 악, 악, 아…… 아악……"

황천귀의 울음소리가 그림자계에 울려 퍼졌다.

방정식의 해

"뭐…… 뭐지?"

무너져 가는 벽 안에서 물컹물컹하게 움직이는 까만 덩어리를 손가락질하며 하루코가 쉰 목소리를 냈다.

"이나미는 커다란 올챙이…… 같다고 했는데? 얘기했던 것과 너무 차이 나잖아!"

Q는 굼실거리는 거대한 덩어리를 보며 굳었다.

뒤에서 피코가 불쑥 말했다.

"모여 있는 거야. 정어리 떼처럼."

"아…… 아악! 아아아…… 아악악, 악!

아……악, 아아악악…… 아, 아, 아……."

까만 덩어리가 울면서 몸을 비비 꼬았다.

그 덩어리를 감싼 까만 벽은 이제 반 정도 녹아내렸다. 서서히 황천귀 떼의 모습이 드러났다. 엷은 어둠 가운데 굼실굼실, 웅성웅성 움직이고 있었다.

"이제 어떡해? 천문은 열린 것 같은데……. 황천귀가 곧 나올 텐데……."

Q가 꼴깍 침을 삼키며 아이들의 얼굴을 둘러보았다.

갑자기 피코가 노래하듯이 중얼대기 시작했다.

"시작된다, 시작돼……. 시작되면, 늘어서자…… 늘어서. 늘어선다…… 늘어서!"

"뭐가 시작되는데?"

하루코가 겁먹은 기색으로 피코에게 물었다.

"늘어선다니, 어떻게?"

야스카와도 초조한 목소리로 물었다.

피코는 어떤 질문에도 답하려 들지 않았다. 그저 계속 주문처럼 입속으로 웅얼웅얼 같은 말을 내뱉을 뿐이었다.

"시작된다, 시작돼……. 시작되면, 늘어서자……."

문득 피코가 돌기둥 쪽 한 곳을 손가락질했다. 가장 높은 기둥 옆 빈자리를 가리키는 듯했다.

"하루코 누나, 저기로……."

"어?"

하루코가 얼떨떨한 듯 피코의 얼굴을 도로 쳐다봤다.

"저기 서라는 말 아냐?"

Q가 피코의 말뜻을 헤아리듯이 덧붙였다. 하지만 하루코는 움직이려 하지 않았다.

피코가 이번에는 정반대 쪽을 가리키며 Q에게 말했다.

"Q 형은 저기."

"오케이!"

Q가 피코의 말대로 순순히 걸어가 기둥과 기둥 사이에 멈춰 섰다.

"여기면 돼?"

피코는 Q에 대꾸하는 대신 히카루를 보며 지시하듯 말했다.

"히카루 누나, 저쪽이야."

Q가 선 곳에서 조금 북쪽으로 틀어진 기둥과 기둥 사이다. 히카루도 피코의 말을 따라 자리를 잡았다.

아레이는 돌기둥 배열을 둘러보며 비로소 깨달았다.

늘어선 돌기둥 중간중간에는 빈자리 일곱 개가 마련되어 있었다. 돌기둥의 간격이 넓은 곳이 딱 일곱 군데였던 것이다. 피코는 지금 그곳에 일곱 깃든이를 한 명씩 배치하려는 듯했다. 깃든이와 깃든이 사이에는 돌기둥이 일곱 개씩 줄지어 자리했다.

그러면…… 56개?!

깃든이를 포함하면 기둥은 다 합쳐 56개가 된다.

스톤헨지와 같잖아!

기원전 3000년경 만들어진 영국의 스톤헨지에 있는 구덩이 개수와 똑같았다. 아레이는 오래전 유적과 그림자계에 나타난 원을 잇는 기묘한 수의 일치에 마음을 빼앗겼다.

"아레이 형은 저기야."

피코의 목소리에 아레이는 퍼뜩 현실로 돌아왔다.

피코는 동남쪽을 가리켰다. 거기도 빈자리가 하나 있었다.

아레이가 원 한가운데 뚫린 구멍을 피해 걸으며 보니, 어느새 다른 깃든이들은 모두 피코가 정한 자리에 서 있었다.

하루코는 가장 높은 기둥 옆에 서서 자꾸만 불안한 듯 돌아봤다. 뒤에는 녹아내린 벽에서 모습을 드러낸 황천귀가 있었다. 황천귀들이 모인 그 까만 덩어리는 지금도 계속 몸을 꼬며 울음소리를 냈다.

"아…… 악악, 아아아아…… 아악악!"

하루코 자리에서 반시계 방향으로 일곱 기둥 떨어진 곳에는 야스카와가 서 있다. 그 일곱 기둥 앞에 히카루. 거기서 더 일곱 기둥 앞에 Q. Q로부터 일곱 기둥 떨어진 곳에는 피코. 그리고 피코의 일곱 기둥 앞이 아레이 자리였다.

아레이에서 일곱 기둥 앞에 하나 남은 빈자리가 뻥 뚫려 있었다. 피코가 그곳을 가리키며 말했다.

"이나미 선생님은 저기인데……?"

마치 그 목소리에 응답하듯이 사람 그림자 하나가 정문에서 뛰어왔다.

"이나미!!!"

아레이는 저도 모르게 큰 목소리로 이름을 불렀다.

이나미는 아레이의 외침을 듣고 돌기둥 쪽으로 달려왔다.

"이나미, 저기 하나 남은 빈자리가 네 자리야!"

아레이는 얼어붙었던 심장이 다시 차츰 뛰기 시작하는 것
같았다.

이나미가 무사히 돌아왔어……!

이나미는 눈치 빠르게 이해하고 곧장 제 자리로 갔다.

"이나미, 너 괜찮냐?!"

땅바닥의 큰 구멍을 사이에 두고 건너편에서 Q가 외쳤다.

"안 괜찮았으면 여기 없지이!"

이나미가 장난스럽게 되받아쳤다.

황천귀의 목소리가 달라졌다.

"크우우…… 쿠우욱…… 우우우…… 쿠욱!"

지금까지보다 굵고 낮은, 뱃고동 같은 목소리. 그 소리가 그
림자계 공기를 들썩였다.

몸을 꼬며 꿈실대는 까만 덩어리는 당장에라도 머리를 쳐들
려는 듯 보였다.

"나 이 자리 싫어요!"

하루코가 소리쳤다.

이나미가 점점 커지는 황천귀의 포효에 지지 않으려 고래고
래 외쳐 댔다.

"천문은 열렸네에! 좋았어! 봉인을 시작하자!"

"으에엑! 일어섰어!"

Q의 비명에 퍼뜩 눈을 들자 치솟은 기둥 너머로 까만 덩어
리가 머리를 들이밀고 있는 모습이 보였다.

"크우우…… 욱! 크우우우우우…… 쿠욱…… 우우우……?"

어스름을 등지고 시꺼먼 그림자가 선명히 떠올랐다. 황천귀
들이 떼 지어 만든 그 형상은 너무나도 역겨워서 온몸에 닭살
이 돋았다. 마치 까맣고 사악한 인형 같았다.

거대한 머리 한가운데에 희번덕거리는 빨간 눈알이 하나 붙
어 있었다. 머리는 작은 몸으로 채 떠받치지 못할 만큼 거대했
다. 황천귀는 가늘고 짧은 두 다리로 땅에 서서 짤막한 양팔을
허우적대듯이 움직이면서 기우뚱기우뚱 머리를 흔들었다.

"여기 싫다니까요! 누가 자리 좀 바꿔 줘요!"

하루코가 절규했다.

"히카루, 천음!"

이나미가 외쳤다.

"못 해……"

히카루가 답했다. Q와 야스카와 사이에서 히카루는 플루트

를 쥔 채 절망스러운 표정을 짓고 있었다.

"불가능해. 천음이 들리지 않아!"

"들리지 않는다니이?! 빨리 봉인해야 한다고. 황천귀가 황천 병사들을 부르고 있어! 그림자 괴물들이 돌아온다고요!"

그때 아레이 머릿속으로 천신의 말이 흘러들었다.

"천음을 읊어 황천귀를 부르라!

천음을 연주하여 황천귀를 보내라!

천음을 읊어 황천귀를 부르라!

천음을 연주하여 황천귀를 보내라!"

야스카와가 머릿속으로 전하는 천신의 메시지는 천문을 빙 둘러선 일곱 깃든이 모두에게 닿았다.

"아레이!"

별안간 이나미에게 이름을 불린 아레이는 흠칫 어깨를 들어 올렸다. 일곱 개의 돌기둥 건너에서 이나미가 절박한 눈빛으로 쳐다보고 있었다.

"아레이, 너야! 네가 천음을 읊어야만 황천귀 봉인이 시작되는 거야. 넌 읊는 자니까. 네가 천음을 읊으면 황천귀가 이 원안으로 올 거야. 그때 히카루가 천음을 연주해서 황천귀를 땅속으로 보내. 그게 순서야."

아레이는 공황 상태에 빠질 것 같았다.

뭘 읊어야 하지? 천음을 읊으라니 무슨 소리야?

모르겠어⋯⋯. 모르겠다고!

칠흑 같은 어둠 속에 홀로 버려진 기분이었다. 돌기둥 사이사이에 선 여섯 명의 시선이 일제히 아레이에게 쏟아졌다.

또다시 천신의 말이 머릿속에 울리기 시작했다.

"천음을 읊어 황천귀를 부르라!

천음을 연주하여 황천귀를 보내라!

천음을 읊어 황천귀를 부르라!"

천신도 팽팽하게 아레이를 몰아세웠다. 식은땀이 뿜어져 나오고 다리가 후들거렸다.

모르겠어. 모르겠어⋯⋯. 모르겠어!

"아레이!"

Q의 목소리가 들렸다.

"괜찮아. 힌트가 있을 거야. 아까 피코가 그린 그림의 뜻도 네가 알아냈으니, 넌 벌써 힌트를 받았는지도 몰라. 찾을 수 있어. 침착하게 생각해! 하지만⋯⋯ 서둘러야 해!"

히카루가 Q 건너에서 목소리를 올렸다.

"천음의 계이름을 읊으라는 뜻 아닐까?"

아레이는 고개를 가로저었다.

"그러면 꼭 내가 아니어도 돼. 천음을 들으면 히카루도 계이름을 읊을 수 있을 테니까."

이번에는 이나미가 입을 열었다.

"맞아. 읊는 역할은 아레이밖에 할 수 없어. 왜 네가 선택받았는지 생각해! 너만이 읊을 수 있는 천음이 있을 거야."

나만이 읊을 수 있는 천음?

어느새 아레이는 깊은 생각의 바다로 잠잠히 가라앉았다. 어둠 속에 숨은, 아직 보이지 않는 무언가를 찾아내려고 필사적으로 머리를 굴렸다.

"꺅! 뭔가 이쪽으로 와요!"

하루코의 비명이 아득히 들렸다.

"으으, 무서워!"

겁에 질린 피코의 목소리.

"황천 병사야!"

이나미의 외침.

그 속에서도 아레이는 생각을 멈추지 않았다.

불현듯 기억 토막 몇 개가 깜빡깜빡 빛을 발했다.

'신, 말을 발하자 곧 음악이 되나니.

신, 말을 나타내자 곧 수가 되나니.'

이나미 집안에서 전해 온다는 말.

이어서 시험이 끝난 후 득의만만했던 Q의 얼굴이 떠올랐다.

'나, 알파벳을 숫자로 치환해서 외우거든.'

정신이 번쩍 났다. 흩어졌던 기억의 파편이 별안간 뚜렷한 의미를 지니며 머릿속에서 하나로 이어졌다.

어째서 히카루가 연주하는 천음을 들을 때마다 아레이는 그 멜로디가 익숙했는지 이제야 깨달았다. 천음의 배열을 알았기 때문이다. 낮은 시에서 높은 레까지, 열 개의 음. 그 얼기설기한 배열을 무의식적으로 0부터 9까지의 숫자로 치환하고 있었던 것이다.

드디어 다다른 정답이 입 밖으로 흘러나왔다.

"파이다! 천음은 파이야!"

Q가 응답했다.

"그렇구나! 그래서 아레이여야만 하는 거야. 파이를 읊을 사람은 너뿐이니까!"

파이. 그 불가해한 수. 아무도 그 끝을 알 수 없는 신비한 수. 영원히 이어져 이 세상의 전부를 담는다는 수.

"아레이, 파이를 읊어!"

Q의 외침이 귀에 꽂혔다. 아레이가 숨을 들이켠 순간.

"으악! 휩쓸린다아아!"

이나미의 비명이 울렸다.

새까만 파도가 돌기둥 원을 집어삼키려는 듯 몰려왔다. 너풀너풀 휘몰아치고 용솟음치는 거무튀튀한 물결이 맹렬한 속도로 덮쳤다. 파도 속에서 눈알이 보였다. 무수한 눈알이 아이들을 굽어봤다. 아레이는 그 파도가 한데 모인 그림자 괴물들이라는 걸 깨달았다.

"크, 크우우우…… 크욱! 크우욱! 우우……."

황천귀의 목소리가 그림자계를 흔들었다. 소용돌이치는 까만 파도가 단숨에 아이들을 습격했다.

새까만 파도에 삼켜진 순간, 으스러질 듯한 공포가 아레이를 짓눌렀다. 천 번이고 만 번이고 칼날에 찔리는 듯한 고통에 몸이 바짝 타들어 가는 것 같았다.

늦었다! 때를 놓쳤어!

화가 북받쳐 올랐다. 이제야 자신의 역할을 알았는데, 비로소 읊어야 할 천음을 찾았는데! 모든 게 어둠에 삼켜지고 말았다. 이번에도 이기는 쪽은 황천귀인 것일까.

나 때문이야……. 내 탓이야. 더 빨리 답을 찾았더라면……. 내가 모두를 위험에 처하게 만든 거야!

공포와 통증이 심해졌다. 까맣고 싸늘한 어둠이 아레이를 사방에서 내리눌렀다. 숨을 못 쉬겠다. 혈관이 바늘로 꽉 찬 것 같다. 맥박이 뛸 때마다 욱신욱신 참기 힘든 고통이 온몸을 관통했다.

아레이는 서 있지 못하고 웅크려 앉았다.

까만 파도 너머로 황천귀의 웃음소리가 들리는 것 같았다.

"크으으으으으으으…… 욱! 우우욱 크욱!"

어둠 속에서 반뜩 무언가 빛났다. 빛이 희미해졌던 아레이의 의식을 붙들었다.

뭐지?

무언가 빛을 뿜었다. 빛이 점차 거세어졌다. 눈부시게 흰빛이 아이들을 에워싼 까만 어둠을 밀어젖혔다. 몸을 감싸던 통증과 공포도 조금씩 누그러지는 듯했다.

빛은 점점 환하게, 찬란하게 힘을 더했다. 스톤 서클 안을 빛이 뒤덮자 아이들을 으깨려던 어둠은 점차 사그라들었다.

어둠의 밑바닥에서 지쳐 쓰러진 아이들의 모습이 아레이 눈에 어렴풋이 보이기 시작했다. 그리고 빛을 뿜는 것의 정체가, 옅어져 가는 어둠 가운데 드러났다. Q 바로 옆 돌기둥 아래쪽이었다.

유독 밝게 빛나는 동그란 물체는…… 거울이었다!

피코가 호숫가에서 주운 청동 거울이다. 가방에 넣어 온 것까진 알았는데, 언제 저기에 거울을 둔 걸까?

돌기둥에 기대어 세워진 청동 거울이 밝은 빛을 강렬히 내뿜었다.

아레이가 고개를 들어 둘러보니, 아득한 어둠의 저편에서 한 줄기 찬란한 빛이 그림자계로 흘러들고 있었다. 그 빛이 곧장 청동 거울을 비췄다. 거울은 빛을 한데로 모았다.

까만 파도 속에서 빠져나온 아이들이 꿈에서 깬 듯 주위를 둘러봤다.

"어떻게 된 거야?"

야스카와가 얼떨떨하게 말을 뱉었다.

"크우우…… 쿠욱…… 우우욱……?"

고개를 들자, 황천귀 떼는 사방을 채운 빛 속에서 거대한 머리를 세차게 흔들며 빨간 눈알로 까만 눈물을 흘리고 있었다.

아레이는 가슴 가득히 공기를 들이마시고 비틀거리며 일어났다. 다른 아이들도 몸을 일으켜 각자의 자리로 돌아갔다.

일곱 깃든이가 정해진 위치에 모두 서자마자, 황천귀의 포효가 한층 더 크게 그림자계를 흔들었다.

"아레이, 천음을 읊어!"

이나미가 외쳤다.

히카루가 플루트를 쥐고 반대편에서 아레이를 쳐다봤다.

야스카와가 전하는 천신의 메시지가 머릿속에 울렸다.

"천음을 읊어 황천귀를 부르라!

천음을 연주하여 황천귀를 보내라!"

아레이는 마음을 가라앉히고 천천히 숨을 들이쉬었다. 그리고 천음을…… 파이를…… 무한한 신의 말을 읊기 시작했다.

"3.141592653589……?"

"크우욱…… 아악! 쿠우우우…… 욱!"

황천귀가 울었다. 울면서 까만 무리가 움직이기 시작했다. 가느다란 두 다리로 그림자계 땅을 벋디디며 서서히, 빨려 들어가듯이 스톤 서클로 다가왔다. 짤따란 두 팔이 무언가를 붙

잡으려는 듯 어둠을 할퀴었다.

"81640628620⋯⋯?"

아레이가 줄줄 읊는 파이가 황천귀를 이끌어 왔다. 빨간 눈
알에서 까만 눈물이 넘쳐흘렀다. 거대한 머리가 흔들렸다.

이제 코앞까지 다가왔다.

황천귀가 돌기둥 위를, 가느다란 다리를 벌려 타 넘어왔다.

아레이는 파이를 계속해서 읊었다.

"4811174502841027019385211055596446229489549303819644288109756659334461284756482337867831652712019091456485669234603486104543266482133936072602491412737245870066063155881748881520920962829254091715364367892590360011330530548820466521384146951941511609433057270365759591953092186117381932611793105118548074462379962749567351885752724891227938183011949129833673362440656643086021394946395224737190702179860943702770539217176293176752384674818467669405132000568127145263560827785771342757789609173637178721468440901224953430146549585371050792279689258923542019956112129021960864034441815981362977477130996051870721134999999837297804995105973173281609631859502445945534690830264252230825334468503526193118817101000313783875288658755"

33208381420617177669147303598253490428755468731159562863882353787593751957781857780532171226806613001927876611195909216420198⋯⋯."

"크아아악⋯⋯ 크욱! 우우우우⋯⋯ 크아아아악!"

소름 끼치는 목소리가 그림자계에 메아리쳤다.

황천귀의 다리가 원 안으로 들어온 순간, 청명한 플루트 소리가 빛 가운데 울려 퍼졌다. 히카루가 천음을 연주하기 시작한 것이다.

아레이가 읊는 파이를 뒤쫓듯이 플루트에서 천음의 멜로디가 울렸다. 플루트 소리와 파이 값이 함께 어우러졌다.

황천귀는 원 안에 입을 벌린 천문 가장자리에 서서 큰 머리를 흔들었다. 빛에 휘감기자 고통스러운 듯 울부짖었다.

"크악! 아아아악! 크아악! 악악!"

"조심해애! 땅이 무너진다!"

이나미가 외쳤다.

천문의 가장자리가 무너지기 시작했다. 땅이 꺼지면서 삽시간에 구멍이 커졌다.

청동 거울이 금빛을 내뿜었다. 그 빛에 싸여 황천귀의 까만 몸이 산산이 부서지며 땅속으로 빨려 들어갔다. 아이들 바로 앞 지점까지 땅이 푹 꺼져 깊은 어둠 속으로 무너져 내렸다. 땅울림이 뱃고동처럼 퍼졌다.

한순간, 황천귀 덩어리가 수천만 마리의 까맣고 작은 나비로 흩어졌다. 그 나비 떼는 눈 깜짝할 사이에 구멍으로 끌려 들어가 땅속으로 사라졌다.

"넘어트려라! 땅의 기둥을 넘어트려라!

천문을 닫으라! 하늘의 문을 닫으라!"

천신의 말이 머릿속에 울렸다.

"하루코! 네 차례야!"

이나미가 하루코 옆에 솟은 가장 큰 돌기둥을 가리켰다.

"저게 땅의 기둥이야아! 그래서 천신은 하루코를 그 기둥 옆에 세운 거야"

이번엔 하루코도 곧바로 이해한 듯했다.

"기둥을 이 구멍 속으로 쓰러트리라는 뜻인가요?"

"그래, 그래애!"

이나미가 끄덕였다.

"가라, 헐크!"

Q가 외쳤다.

"헐크! 헐크!"

피코도 소리쳤다.

"시끄러워어!!"

하루코는 원 밖으로 한 걸음 물러나더니 양손을 짝짝 친 후 거대한 돌기둥에 척 가져다 댔다. 그리고 힘을 주기 시작했다.

학교 건물만큼 높은 거대한 기둥이었다. 기둥이라기보다는 바위산처럼 보이기도 했다. 그 밑에 선 하루코는 콩알만 해서, 제아무리 엄청난 괴력을 가졌다지만 기둥을 쉽게 넘어트릴 수 있을지 걱정됐다. 아레이는 파이를 소수점 아래 몇천 자리까지 읊으면서 하루코를 바라봤다.

하루코 입에서 우렁찬 기합 소리가 흘러나왔다.

"크와아아악 캬아악!"

"얏!"도 "앗!"도 "이얍!"도 아닌 요상한 기합과 더불어 거대한 돌기둥이 휘청거리며 흔들렸다.

"굉장해!"

"헐크, 멋져어!"

Q와 피코가 흥분하여 외쳤다.

"넘어트려라! 땅의 기둥을 넘어트려라!"

천신의 목소리가 울렸다.

하루코가 한 번 더 힘을 쥐어짜 돌기둥을 밀었다.

마침내 돌기둥이 쓰러졌다. 슬로 모션처럼 천천히 위에서부터 땅의 구멍 속으로 고꾸라져 사라졌다.

"다들 기둥에서 물러서!"

이나미가 외쳤다.

원 모양으로 늘어선 돌기둥이 차례차례 쓰러지려고 했다. 하루코가 넘어트린 그 거대한 기둥을 뒤쫓듯이 모든 기둥이 땅의 구멍 쪽으로 쓰러져 갔다.

아레이는 뒤로 펄쩍 물러섰다. Q와 이나미, 야스카와, 피코와 히카루도 구르다시피 기둥 사이를 벗어났다.

아레이와 히카루가 천음을 읊고 연주하기를 멈추자, 주위는 믿기지 않을 만큼 고요에 휩싸였다. 소리도 없이 한 기둥 또 한 기둥 무너져 갔다. 구멍 속으로 사라져 갔다.

아레이는 소리 없는 세계에 서서, 고꾸라진 기둥을 삼키는 칠흑같이 깊은 어둠을 바라봤다. 황천귀는 이제 보이지 않는다. 목소리도 들리지 않는다.

눈앞에서 기둥과 함께, 찬란하게 빛나는 무언가가 구멍 속으로 빠지는 모습이 보였다.

청동 거울이다!

어둡고 끝없는 구멍이 환히 빛났다. 그 빛이 흘러넘쳐 주위를 뒤덮었다. 금빛이 몹시도 눈부셔서 아레이는 눈을 감았다. 그래도 빛이 파고들었다. 강하고 격렬하며 아름다운 빛…….

이윽고 빛이 잠잠히 사그라지자 정적이 아레이를 휘감았다. 그리고…… 별안간 모든 게 돌아왔다.

소리, 바람, 빛, 6월의 아침 냄새.

아레이는 조심스럽게 감았던 눈을 떴다. 맨 먼저 Q의 모습이 눈에 날아들었다. 운동장 한가운데 엉거주춤 서서 휘휘 주위를 둘러보고 있었다. 하루코와 야스카와도 불안한 표정으로 주위를 살폈다.

　학교는 여느 때와 같은 모습이다. 운동장 주위 벚나무 우듬지가 바람에 흔들렸다. 담벼락 너머로는 마을이 보였다.

　히카루는 은색 플루트를 만지작거리면서 바닥을 쳐다봤다. 좀 전까지 황천으로 통하는 구멍이 입을 벌리고 있던 땅은 언제 그랬냐는 듯 원래대로 돌아와 있었다.

　멍하니 하늘을 올려다보는 피코, 기지개를 켜는 이나미…….

　"돌아온…… 건가?"

　Q가 아레이를 보며 물었다.

　"아마도……."

　아레이가 끄덕였다. 그러면서 가슴 가득히 초여름의 바람을 빨아들였다.

　"수고했어"

　이나미가 옆에 선 하루코의 어깨를 툭 쳤다. 깃든이끼리 접촉해도 이제 아무 일도 일어나지 않았다.

　"어? 뭐야? 그림자계로 안 가네?! 이제 괜찮은 거예요?"

　하루코가 놀라서 물었다.

　"다아 끝났어!"

　이나미가 속 시원하다는 듯 말했다. 아침 햇살 아래서 본 이나미는 꼬질꼬질했다. 폭죽을 터트려 불꽃을 피운 탓인지 옷

여기저기가 거뭇거뭇했다. 그러나 얼굴만큼은 해맑게 밝힌 이나미가 아이들을 둘러보며 말했다.

"그림자계는 소멸했어. 황천귀는 캄캄한 땅속으로 봉인됐고오! 천신의 계획 수행 완료!"

"야호오오오!"

야스카와가 주먹을 하늘로 쳐들며 외쳤다.

"우리가 이겼다!"

"Q 형! 형아아!"

피코가 Q를 향해 곧장 달려갔다.

"하이 파이브!"

환호하며 높이 내민 손에 Q가 짝, 하고 손을 맞대었다.

"아레이 형! 하이 파이브!"

아레이도 피코와 하이 파이브를 주고받았다.

"헐크! 헐크!"

한 명 한 명과 하이 파이브를 하며 돌아다니는 피코를 바라보면서 아레이는 바로 옆에 선 이나미에게 질문을 던졌다.

"알았어? 기둥 개수……. 스톤헨지와 유사점이 있다는 거."

"그럼!"

이나미는 즉각 대꾸하며 씩 웃었다.

"우연이 아닌 거지?"

다시 묻는 아레이에게 이나미는 어깨를 으쓱해 보였다.

"영국의 스톤헨지는 불가사의니까아. 언제, 누가, 무슨 목적으로 만들었는지 정확히 몰라. 다만⋯⋯ 깃든이 사이에서는 황천귀를 봉인하기 위한 터였다고 전해지고 있어. 스톤헨지뿐 아니라 세계 곳곳에 남아 있는 거대한 돌 유적은 모두⋯⋯. 황천귀가 지금보다 훨씬 더 자주 이 세상을 침범했던 먼 옛날, 봉인을 위해 사용했던 장소라고 전해져. 하지만 돌 배열이나 구멍 개수에 어떤 의미가 있는지는 모른대. 옛날 사람들은 지금보다 천신의 본딧말을 더 잘 이해했다는데, 우리에게 전해지고 있지 않으니까."

아레이는 이나미의 말을 음미하면서 중얼거렸다.

"청동 거울도 돌기둥도 황천귀 봉인 시스템의 일부였던 거구나⋯⋯?"

"맞다, 참!"

이나미가 갑자기 무언가 생각났는지 Q를 보았다.

"그 청동 거울을 하짓날 태양이 지나는 길에 둔 사람은 Q야? 그걸 어떻게 알았어?"

"엥? 뭐? 하짓날 태양이 지나는 길?"

피코와 두 번째 하이 파이브를 하던 Q가 깜짝 놀랐는지 이나미를 보았다. 아레이가 끼어들어 물었다.

"하짓날 태양이 지나는 길이라면, 그 빈틈이 생기는 길 말이지?"

"그래."

이나미가 끄덕이며 뒷말을 이었다.

"그림자계의 스톤 서클 한가운데를 그 빛의 길이 가로지른
다는 걸 너희는 알고 있었어?"

아레이도 Q도 일순간 눈을 부릅떴다.

이나미가 설명했다.

"스톤헨지도 원 중심을 지나는 주축이 하짓날 떠오르는 태
양의 진로와 겹치게끔 만들어졌어. 그림자계의 돌기둥 원도 마
찬가지였지이. 천신은 그 빛의 길 위에 청동 거울을 두게 했어.
아레이가 전에 그랬지? 그 거울은 아무래도 현실 세계와 그림
자계, 동시에 존재했던 것 같다고. 아마 전설의 청동 거울이었
을 거야. 옛날에 할아버지한테 들은 적 있어. 그 거울은 땅 위에
두면 양쪽 세계에 모습을 드러낸대. 그러니까 Q가 청동 거울을
돌기둥 밑에 둔 순간에 현실 세계의 운동장에도 분명 똑같은
청동 거울이 모습을 드러냈을 거야."

흥분한 아레이는 이나미의 이야기를 앞질러 말했다.

"그래서 거울이 빛난 거지? 현실 세계에 동이 트면서 운동
장에 있는 거울이 아침 햇살을 받는 바람에, 그림자계에 있는
거울도 빛을 뿜었어. 청동 거울이 하지의 햇빛을 그림자계 안
으로 끌어들인 거야!"

이나미가 끄덕였다.

"처음부터 전부 계획되어 있었다는 건가……. 애초부터 황천귀 봉인 타이밍은 하지의 일출과 딱 맞아떨어지게끔 계산되어 있었던 거지?"

아레이가 중얼거리듯이 말했다.

"맞아."

이나미는 또 끄덕이며 계속했다.

"천신의 계획은 역시 완벽했어. 하지의 태양이 천문의 중심을 지나도록 하고 청동 거울을 빛의 경로에 두게 한 뒤, 일출 시간에 맞춰 우리가 황천귀를 봉인하게 만들었어."

"근데 이상하네……."

불쑥 Q가 말했다.

"뭐가아?"

이나미가 미간을 좁히며 되묻자 Q가 곰곰이 생각하며 입을 열었다.

"거울을 오른쪽 옆 기둥 밑에 두라고 한 사람 말이야……."

피코는 긴 이야기가 지루했는지 하루코와 술래잡기를 시작했다.

"누군데?" 하고 아레이가 묻자 Q는 뜻밖의 답을 내놓았다.

"누나."

"어?"

어안이 벙벙하여 아레이는 이나미와 얼굴을 마주 보았다.

"어떻게? 언제 그랬는데?"

질문하는 아레이를 맞바라보는 Q의 눈에도 당황스러운 빛이 떠올랐다.

"밤에 집 나올 때. 가방에 청동 거울을 넣고 있는데 누나가 굳이 내 방에 찾아와서 말하는 거야. '그 거울은 네 오른쪽 기둥 밑에, 거울 표면이 앞으로 오도록 기대어 세워야 해.'라고. 시간이 촉박해서 일단 알았다고 했지. 그리고 돌기둥 사이에 서서 기다릴 때 누나 말이 생각나길래 시키는 대로 한 거야."

영문을 몰라 고개를 갸웃하는 아레이 옆에서 이나미가 실눈을 뜨고 Q의 얼굴을 물끄러미 쳐다봤다.

"그렇단 말이지이……."

이나미가 말했다.

"뭐가?"

아레이는 Q와 이나미의 얼굴을 번갈아 보면서 물었다.

이나미는 재미있다는 듯이 입꼬리를 실룩댔다.

"Q 누나도 깃든이였구나, 싶어서. 피코처럼 미래를 보는 사람이었겠지, 분명."

"뭐라고!!!"

Q의 외침에 운동장에서 술래잡기하던 피코와 히카루, 하루코와 야스카와가 돌아봤다.

Q는 황급히 목소리를 낮추고는 이나미에게 격하게 도리질

했다.

"아냐, 아냐, 아냐! 절대 아냐. 누나가 한 번도 그런 말 한 적 없었는데⋯⋯."

이나미가 조곤조곤 말했다.

"뭐, 천신의 메시지를 받지 않은 채로 어른이 되는 깃든이도 있으니까. 아마 네 누나는 능력을 실전에서 발휘할 기회가 없었던 탓에 자기가 깃든이라는 인식이 없을 거야. 누나가 몇 살이랬지이?"

"스물하나."

Q가 툭 대답하자 이나미는 끄덕이며 계속했다.

"깃든이로서 전성기는 지나 버렸으니까 앞으로 황천귀 봉인에 휘말릴 일은 없을 거야아. 그래도 이번처럼 특정 순간에 미래를 보는 일은 가끔가다 있겠지. 특히 가족이나 가까운 사람과 연관된 일이라면 촉이 좋아지거든. 그 왜, 육감이라고들 하잖아."

"말도 안 돼⋯⋯. 누나도 깃든이라니. 남매가 둘 다 요상한 선택을 받았다니⋯⋯."

피코의 추격을 따돌리고 뛰어온 야스카와가 몸을 숙이고 헉헉 숨을 내쉬며 말했다.

"아우우! 배고파!"

"오호, 이때를 기다렸지!"

갑자기 기운을 차린 Q는 가방에 손을 찔러 넣으며 야스카와에게 말했다.

"과자 먹을래?"

Q가 나누어 준 옥수수 맛 막대 과자를 우적거리며 이나미가 말했다.

"그럼 이제 갈까? 다들 지각하지 마아."

하지의 햇살이 거리를 환히 비췄다. 그 햇살 속에 미래통합학교는 아무 일도 없었다는 듯이 잠잠히 서 있었다. 텅 빈 창문을 올려다보며 아레이는 크게 한 차례 심호흡했다.

구름이 천천히 흘러갔다.

아이들은 학교를 나섰다. 피코, 야스카와, 이나미는 남쪽으로 향했다. 이나미는 피코를 집까지 바래다준다고 했다.

남은 네 사람은 후문을 향해 걸음을 뗐다. 하루코가 고요한 아침 햇살에 비친 학교를 돌아보며 오도카니 말했다.

"왠지 섭섭하네요. 끝나니까."

"어?"

아레이와 히카루가 동시에 되물었다.

"내가 잘못 들었나?"

Q가 고개를 갸우뚱했다.

"아직도 고생이 부족하냐? 그림자 괴물이 그리워?!"

나무라는 듯이 묻는 Q를 맞바라보며 하루코는 고개를 흔들었다.

"설마요! 그래도 꽤 울렁울렁, 두근두근한 나날이지 않았나요? 이제 다시는 그런 경험 못 하겠구나……. 그렇게 생각한 것뿐이에요."

하루코, 괴력을 휘두르는 맛이 있었나 보네.

생각에 잠겨 묵묵히 Q와 얼굴을 마주 보는 아레이 옆에서 히카루가 입을 열었다.

"그러게……"

흠칫 놀라는 아레이와 Q는 거들떠보지도 않고, 히카루는 하루코에게 살포시 웃어 보였다.

"손에 땀깨나 쥐었지, 정말. 어쩌면 조금은 재미있었는지도……"

"에엥? 히카루 너까지?!"

Q가 눈을 부라리며 히카루를 쳐다보았다.

싫다고 야단법석을 떨 때는 언제고…….

아레이도 기가 막혔다.

네 사람은 후문을 나와 좌우로 갈라졌다.

"수고하셨어요! 학교에서 봐요."

하루코가 명랑하게 손을 흔들었다.

"이따 봐!"

히카루가 뻗어 흔드는 손안에서 은색 플루트가 반짝인다. 아레이와 Q도 두 사람에게 손을 마주 흔들면서 서쪽으로 걷기 시작했다.

"아레이, 어떻게 천음이 파이라는 걸 안 거야?"

느닷없이 Q가 물었다.

"네가 영어 단어를 숫자로 치환해서 외운다고 했던 말이 생각났어."

"오호, 나도 도움이 됐다는 거네!"

Q는 뿌듯한 듯 끄덕였다. 그리고 잠시 틈을 두고 다시 입을 열었다.

"아까 이나미가 하지에 떠오르는 태양의 진로에 관해 이야기했을 때 생각났는데, 어쩌면 천신은 처음부터 힌트를 준 게 아닐까?"

"무슨 소리야?"

아레이는 눈부신 아침 햇살에 실눈을 뜨면서 Q를 보았다. 빛 속에서 Q가 말했다.

"빈틈은 언제나 그 빛의 길 위에 나타났잖아? 그래서 생활 안전지도에 빈틈이 생겼던 지점들을 이으면 직선이 됐지. 그리고 그 직선 끝에 천문이 있었어."

"빈틈을 잇는 직선이 천문이 있는 장소를 가리켰다고 말하고 싶은 거야?"

"응. 그것도 그런데 하나 더, 그 빈틈 속의 빈틈 기억나?"

물론 아레이는 기억하고 있었다.

첫 번째는 6차 마방진 중 '3'을 의미하는 널빤지였다. 두 번째는 사교수에서 벗어난 '14159' 번호판. 세 번째가 가스계량기에 표시된, 마법수가 아닌 '26'. 그리고 마지막이 완전수에 포함되지 않는 '53589'라는 그늘막 번호.

떠올리고 있는 아레이에게 Q가 말했다.

"이어 봐, 빈틈 속 빈틈의 숫자를."

"앗……?!"

아레이는 드러난 실체에 눈을 부릅떴다.

3141592653589…….

"파이네!"

빈틈 속의 빈틈을 더듬으면 파이에 다다르게 되어 있었다.

빈틈을 잇는 직선은 곧바로 천문으로 이어지고, 빈틈에 적힌 숫자는 파이로 이어진 것이다. 빈틈을 찾는 일은 사실, 신의 계획 전체를 아는 일이었다.

'빈틈을 찾아라.'

천신의 메시지가 머릿속에 살아났다.

명확한 계시, 단순한 힌트였다. 천문이 있는 곳도, 그 문을 딸 열쇠도 처음부터 빈틈 속에 나타나 있었다. 빛의 길이 일곱 깃든이를 인도했다는 사실을 깨닫고 아레이는 하늘을 올려다

보았다.

동쪽 하늘에 밝은 태양이 보였다. 하짓날 아침의 강렬한 햇살이 마을을 금빛으로 물들여 간다. 아레이와 Q는 잠시 고요하게 반짝이는 거리를 바라보았다.

불쑥 Q가 말했다.

"그거 아냐? 초신성이 폭발하는 소리는 계이름 중 '파' 소리래. 별이 폭발할 때, 우주에는 파 음이 울리는 거야. 만화에서 읽은 이야기지만."

"당연히 알지." 하고 말하는 대신 아레이는 다른 말을 Q에게 던졌다.

"그거 알아? 포유류의 아기는 태어날 때 '라' 소리로 운대. 인간이든 소든 개든 태어나면서 내는 첫울음은 라야."

"호오……."

Q가 눈부시다는 표정으로 아레이를 쳐다봤다.

"굉장한데! 죽어 가는 별과 태어나는 신생아가 화음을 이루네. 두 음이 우주에서 합창하고 있어. 지금도 분명……."

시인처럼 말하는 Q를 쳐다보며 아레이는 웃음이 터졌다.

"왜 그래?"

Q가 웃는 아레이를 봤다.

"아니, 그냥……. 좀 안 어울리는 거 같아서."

아레이는 하늘을 보며 괜히 딴 이야기를 꺼냈다.

"비 오는 거 아냐?"

"엥, 뭐야! 내가 우주의 신비에 관해 말하면 비가 온다는 뜻이냐?"

Q가 투덜투덜 말했다.

하늘은 맑다. 장마철 먹구름은 어디론가 가 버린 모양이다.

여름이 온다.

반짝이는 마을에 찬란한 태양이 오른다.

이 순간을 기억해야지. 쭉, 언제까지나.

아레이는 잠잠히 생각하면서 한 번 더 천천히 심호흡했다.

푸르고 투명한 대기층 너머에서, 우주가 연주하는 하모니가 들려오는 듯했다.

하늘과·땅의·방정식

Q3. 재앙을 피할 χ를 구하시오

초판 1쇄 인쇄 2025년 12월 24일
초판 1쇄 발행 2026년 1월 7일

글 도미야스 요코
번역 김소희

펴낸이 김선식
펴낸곳 다산북스

부사장 김은영
어린이사업부총괄이사 이유남
책임기획 최유진 **책임편집** 최유진 **디자인** 남정임 **책임마케터** 신지수
어린이콘텐츠사업4팀장 강지하 **어린이콘텐츠사업4팀** 남정임 최방울 최유진 박슬기
어린이마케팅본부장 최민용 **어린이마케팅2팀** 최다은 신지수 심가윤 **기획마케팅팀** 류승은 박상준
저작권팀 성민경 이슬 윤제희 **편집관리팀** 조세현 김호주 백설희
재무관리팀 하미선 임혜정 이슬기 김주영 오지수
인사총무팀 강미숙 김재경 김혜진 김주림 황종원
제작관리팀 이소현 김소영 김진경 유미애 이지우
물류관리팀 김형기 김선진 주정훈 양문현 채원석 박재연 이준희 최대식

출판등록 2005년 12월 23일 제313-2005-00277호
주소 경기도 파주시 회동길 490 **전화** 02-704-1724 **팩스** 02-703-2219
다산어린이 공식 카페 cafe.naver.com/dasankids **다산어린이 공식 블로그** blog.naver.com/stdasan
종이 신승INC **인쇄 및 제본** 상지사 **코팅 및 후가공** 평창피앤지

ISBN 979-11-306-7308-0(44830)
　　　 979-11-306-7225-0 (세트)